Ohne Gold läuft nichts

ZUR AUTORIN

Bettina Mann, geboren 1969, lebt mit ihren Kindern in Stuttgart.
Berufliche Stationen
Studium an der Pädagogischen Hochschule in Ludwigsburg,
Legasthenietherapeutin
Arbeitet seit 2000 an diversen Schulen im Raum Stuttgart.

»Ohne Gold läuft nichts« ist ihr zweiter Roman.
      Homepage: www.bettym.de

Ebenfalls im TWENTYSIX-Verlag erschienen:
»Wer auch immer du bist«

BETTINA MANN

Ohne Gold läuft nichts

Roman

Bibliografische Information der Deutschen Nationalbibliothek:
Die Deutsche Nationalbibliothek verzeichnet diese Publikation in der Deutschen Nationalbibliografie, detaillierte bibliografische Daten sind im Internet über dnb.dnb.de abrufbar.

TWENTYSIX – Der Self-Publishing-Verlag
Eine Kooperation zwischen der Verlagsgruppe Random House und BoD – Books on Demand

© 2017 Bettina Mann

Satz, Herstellung und Verlag:
BoD – Books on Demand, Norderstedt
ISBN: 978-3-7407-3360-5

1

Blendete man die jüngsten Geschehnisse aus und betrachtete mit sachlichem Auge lediglich die Äußerlichkeiten, so käme man gewiss zu dem Schluss, es mit einer ganz normalen, ja geradezu durchschnittlichen jungen Frau zu tun zu haben.

Ich zählte siebenundzwanzig Jahre, war brünett, mittelgroß und eher der mollige Typ. Diäten hatte ich seit dem Ende meiner Jugend aus meinem Leben verbannt, da keine von ihnen mir zur Traumfigur verholfen hatte. Dabei verlangte ich gar nichts Unerreichbares. Dass ich nie ein sexy Model mit Beinen bis zum Hals und den Idealmaßen für Bauch, Beine, Po werden würde, war mir durchaus bewusst, aber ein bisschen näher an das Optimum wollte ich schließlich herankommen, wenn ich schon die Qualen einer Diät auf mich nahm. Doch wie schon gesagt, das Ergebnis ließ stets zu wünschen übrig. Also begnügte ich mich irgendwann damit, zu sein, wer ich war, und gönnte mir an stressigen Tagen lieber noch ein Stückchen Schokolade mehr, denn das machte ja angeblich glücklich – und gegen Glück war doch nun wirklich gar nichts einzuwenden.

Als wirklich stressig empfand ich mein Leben nicht. Ich war Studentin der Psychologie im neunten Semester. Die Vorlesungen und Seminare waren meistens interessant, und ich ging nicht ungern an die Uni. Sogar das Lernen in meinen eigenen vier Wänden machte mir großteils Spaß. Stress hatte ich eigentlich nur zu Semesterende, wenn es an die Prüfungen und die Hausarbeiten ging. Das konnte selbst eine interessierte Studentin wie mich manchmal ins Schwitzen bringen. Zu diesen sehr straffen Zeiten verdoppelte sich auch mein Schokoladenverzehr, und ich war deshalb in mehrfacher Hinsicht erleichtert, dem Ende der Prüfungsphasen entgegenzugehen.

Die ersten Tage der Semesterferien brauchte ich grundsätzlich, um ein wenig auszuspannen und mich neu zu sortieren. Das bedeutete: etwas mehr Schlaf, gesünderes Essen und ausgiebig Sport – ansonsten hätte ich bei jedem Stückchen Schokolade ein schlechtes Gewissen gehabt. Auch musste ich mir in der vorlesungsfreien Zeit immer noch etwas dazuverdienen. Bis jetzt war ich stets an gute Jobs gekommen. Ich kannte zum Beispiel die Tochter des Inhabers meines Fitnessstudios, was mir dort regelmäßige Aushilfsjobs einbrachte. Somit konnte ich mir auch während des Semesters samstags den einen oder anderen Euro hinzuverdienen. Für die kommenden Ferien hatte ich allerdings noch keinen Plan. Das Fitnessstudio hatte bereits genug Leute, und ich musste mich auf die Suche nach etwas anderem machen.

Ich wohnte einigermaßen zentral mit einer guten U-Bahn-Anbindung in die Innenstadt. Im Sommer blühte dort förmlich das Leben, und das war Balsam für meine Seele. Im Winter war es eher trist. Das alte Mehrfamilienhaus, wenn auch äußerlich dringend renovierungsbedürftig, zeigte innen noch einen guten Zustand. Seit fast zwei Jahren wohnte ich nun schon in der Dachwohnung und hatte mich dort gemütlich eingerichtet. Lediglich einen Balkon vermisste ich an den warmen Sommertagen, an denen es unter dem Dach oft drückend heiß wurde.

Außer mir lebten noch vier weitere Parteien im Haus; jedoch kannte ich meine Nachbarn nicht sonderlich gut. Man grüßte sich zwar höflich im Treppenhaus oder auf der Straße – das war aber auch schon alles. Es mochte daran liegen, dass ich als Studentin einen etwas anderen Lebenswandel führte als die anderen Mitbewohner. Trotzdem, glaubte ich, war ich nicht sonderlich anstrengend für meine Mitmenschen. Ich war höflich, pflichtbewusst – ich dachte stets an die Kehrwoche und stellte den Müll rechtzeitig nach draußen – und feierte keine mitternächtlichen Partys mit Kommilitonen. Vermutlich war mein innerstes Bedürfnis nach Harmonie so mächtig, dass ich grundsätzlich nie Anlass für Ärgernisse bot. Eine Freundin schlug mir vor, einmal so richtig die Sau rauszulassen und all das zu tun, was ich sonst nie tun würde, damit ich lernte, über mich selbst hinauszuwachsen – sozusagen als Therapie für meine Harmoniesucht. Aber das wäre eben nicht ich gewesen. Und überhaupt, welchen Sinn hatte es, seinen eigenen Charakter zu bekämpfen, vor allem solange man gut mit ihm durchkam?

Mein bester Freund hieß Chris – wir waren uns im ersten Semester begegnet und belegten seitdem, sooft es ging, dieselben Kurse. Kaum ein Tag verging, an dem wir uns nicht trafen. Am Wochenende lernten wir oft zusammen, und abends gingen wir häufig in dieselben Szenekneipen.

Mit von der Partie war oft meine engste Freundin Giulia, eine Halbitalienerin, die ich noch aus Schulzeiten kannte. Sie lebte noch bei ihren Eltern, weshalb sie es immer sehr genoss, die Abende bei mir oder irgendwo auswärts zu verbringen, wo sie dem kontrollierenden Auge ihrer Familie entging. Chris und sie waren recht unterschiedliche Temperamente, und es war mitunter ziemlich anstrengend, mit beiden zugleich zusammen zu sein. Aber beide waren sie mir über die Jahre gleichermaßen ans Herz gewachsen.

Meine Eltern lebten einige Kilometer entfernt in einem hübschen Einfamilienhaus am Stadtrand. Ich sah sie zwei- bis dreimal im Monat, in den Ferien auch etwas öfter. Meine Mutter konnte es nicht lassen, noch immer mütterlich für mich zu sorgen. Wann immer es ihr zeitlich möglich war, verwöhnte sie mich mit einem leckeren Essen, einem Korb gebügelter Wäsche oder einer prall gefüllten Einkaufstüte, die dann völlig unerwartet vor meiner Wohnungstür stand.

Ich führte also ein ganz normales Leben. Nichts deutete darauf hin, dass ich anders war als andere oder sich mein Dasein als etwas Ungewöhnliches herausstellen würde. Doch dann kam der Tag, an dem mich das Unerwartete doch erwischte.

Ich klemmte mir meine Handtasche unter den Arm, schnappte mit einer Hand den kleinen Papiermülleimer und zog mit der anderen die Tür hinter mir zu. Auf dem Weg nach draußen machte ich vor den großen Mülltonnen halt, die seitlich am Haus unter einer schmalen Überdachung standen, und hob den Deckel der grünen Tonne an. Na prima, dachte ich mal wieder. Wie meistens, wenn ich meinen Papiermüll loswerden wollte, quoll die Tonne über. Was ganz obenauf gelegen hatte, wurde vom Wind in alle Himmelsrichtungen davongetragen und mir kam dann die undankbare Aufgabe zu, die überall verstreuten Schnipsel wieder aufzulesen. Ausgerechnet heute, wo ich sowieso in Eile war, weil ich den Wecker mehrfach ignoriert hatte, machte mich diese stetig wiederkehrende Misere ungeduldig. Verärgert kickte ich gegen die Tonne, die zwar nichts dafür konnte, aber mir auch keinen anderen Sündenbock anzubieten hatte. Mit beiden Fäusten drückte ich den Papiermüll dicht nach unten, damit noch ein wenig Platz für den Inhalt meines eigenen Papierkorbs entstand. Anschließend sammelte ich in Windeseile die zuvor herausgeflatterten Papierfetzen wieder auf. Gerade griff meine Hand nach einem etwas größeren Papierstreifen, da sah ich eine Armlänge entfernt einen Briefumschlag auf dem Boden liegen. Der merkwürdige Text, der darauf in schlampiger Schrift geschrieben stand, stach mir sofort ins Auge. »An das Leben«. Was für eine merkwürdige Anrede. Wer schrieb denn schon seinem Leben einen Brief? Meine Neugier war entfacht. Ich konnte nicht anders, als den Umschlag zu öffnen und den Brief herauszunehmen. Mein Herz begann spürbar zu klopfen.

Ich war überrascht, ja fast enttäuscht, nicht mehr als ein paar krakelige Zeilen vorzufinden. Bereits in jungen Jahren hatte ich es als Herausforderung betrachtet, unleserliche Schriften zu entziffern.

Meine Augen wanderten über den Briefbogen. Angestrengt versuchte ich, die Worte zu entschlüsseln. Ich erstarrte. Hatte ich richtig gelesen? Noch einmal richtete ich meinen Blick auf den Text und atmete hörbar laut aus.

Liebes Leben,
warum quälst du mich so? Ich weiß, ich bin kein Engel, aber es ist sicherlich nicht gelogen, wenn ich von mir als anständigem Menschen spreche. Darum drängt sich mir die Frage auf: Habe ich so etwas tatsächlich verdient? Was du mir präsentierst, ist eine endlose Farce, und leider kann ich in dir keinen Sinn mehr sehen. Ich weiß nicht mehr, was ich tun soll.
Am liebsten würde ich dir ein für alle Mal ein Ende setzen. Ein Weitermachen wäre zwecklos, nach allem, was geschehen ist.
Nun gut, vielleicht sollte ich noch ein paar Dinge in Ordnung bringen, und vielleicht gebe ich dir dann noch eine letzte Chance, meine Entscheidung zurückzunehmen.

Mir stockte der Atem. War das ein Scherz? Oder handelte es sich tatsächlich um das, was es zu sein schien: einen Abschiedsbrief? Ich starrte noch einmal auf den Brief, dann nahm ich erschrocken das Haus ins Visier. Irgendwo darin musste der Verfasser dieses Textes sitzen – möglicherweise völlig einer Depression verfallen und gerade dabei, sich die Art und Weise seines herbeigesehnten Endes auszumalen. Ein nervöser Blick auf meine Armbanduhr verriet, dass ich inzwischen sehr verspätet war. Die Vorlesung würde in knapp fünfzehn Minuten beginnen, und selbst bei idealen Bedingungen würde ich mit dem Bus mindestens eine Viertelstunde benötigen – den Weg in den Hörsaal noch nicht eingeschlossen.

Ich steckte den Brief in meine Jackentasche und hastete zur Bushaltestelle. Auf dem Weg zur Uni überlegte ich fieberhaft, wie ich herausbekommen könnte, wer im Haus diesen Text verfasst hatte. Leider kannte ich meine Nachbarn zu wenig, um sie hier richtig einschätzen zu können. Wie sollte ich vorgehen? Sollte ich in dieser Sache überhaupt vorgehen?

Der Bus hielt vor der Universität, und ich musste meine Gedanken hierüber vertagen. Ich eilte über den Campus und betrat abgehetzt und so leise wie möglich den Hörsaal. Als ich die Tür öffnete, starrten mich Dutzende Augenpaare an, und der Professor hielt kurz mit seinem Vortrag inne.

Na, toll! Das hatte ich ja wieder einmal gut hingekriegt. Irgendwann werde ich noch einen Orden in Sachen »perfektes Timing« erhalten. Als Professor Dietrich fortfuhr, schlich ich möglichst unauffällig zu einem freien Platz in einer der hinteren Reihen. Mein Sitznachbar warf mir einen vorwurfsvollen Blick zu, schob mir dann aber seine Mitschrift herüber, damit ich das Versäumte rasch abschreiben konnte. Als ich am Ende der Stunde meinen Stift beiseitelegte, machte ich einen tiefen Seufzer und hatte für den Moment die Sache mit dem depressiven Abschiedsbrief vergessen.

Ich fuhr mit dem Fünf-Uhr-Bus nach Hause und schleppte mich müde die Treppen hinauf. Eine Dachgeschosswohnung hatte nicht nur Vorteile, besonders wenn die Bauherren keinen Aufzug für das Haus vorgesehen hatten. Als ich etwas genervt meine Sachen in die Ecke der Garderobe warf und meine Jacke an einen Haken hängte, fiel mir der Brief wieder ein. Ich beschloss Giulia anzurufen. Nach zehnmaligem Klingeln legte ich auf und wählte Chris' Nummer.

»Hi, Chris, hast du mal eine Minute für mich?«

»Das war Gedankenübertragung. Habe auch gerade an dich gedacht!«

»Ach – wolltest du was Bestimmtes?«

»Ja, ich wollte wissen, ob du morgen Abend mit auf die Erstsemesterparty kommst.«

»Erstsemesterparty?«, wiederholte ich verwundert. »Was wollen wir denn da? Darf ich dich daran erinnern, dass wir bald unseren Abschluss machen?!«

»Och, gegen ein bisschen frisches Gemüse ist doch nichts einzuwenden!«

Ich sah vor mir, wie Chris gerade bis über beide Ohren grinste.

»Abgesehen davon, dass du überhaupt kein Gemüse magst!«, lachte ich lauthals.

»Oh, Gold! Dass du mich aber auch immer wörtlich nehmen musst! Natürlich spreche ich von hübschen Erstsemestern, die noch dringend einen erfahrenen, reifen Kommilitonen an ihrer Seite gebrauchen können. Und du kannst gewiss sein – an Erfahrung mangelt es mir nicht!«

»Das würde ich auch niemals bezweifeln, mein Lieber! Und du würdest ihnen auch alle Prüfungsergebnisse zukommen lassen, nur um ihre Nummer eins zu sein, stimmt's? Chris, der Gott, zu dem alle Mädels aufschauen. Er kennt die Antwort auf alle Fragen und lässt sein schützendes Auge stets über seinen weiblichen Fanclub wachen. Nur eines hast du vergessen«, ich machte eine kleine Pause, »das alles zieht leider nicht bei mir!«

»Das wäre auch zu schön gewesen«, gab Chris gespielt enttäuscht zurück. »Also, was ist nun? Kommst du mit, um mich vor den unzähligen Verehrerinnen zu retten, oder hast du schon was Besseres vor?«

Ich überlegte. Eigentlich hatte ich für das Wochenende noch nichts vor. »Na gut, ich habe tatsächlich keine Konkurrenzveranstaltung im Blick. Und wie du schon sagst: Einer muss ja auf dich aufpassen!«

Wir lachten beide und unterhielten uns noch eine Weile über die heutige Vorlesung bei Professor Haberlein, der es mal wieder geschafft hatte, unsere vollste Aufmerksamkeit auf sich zu ziehen. Die Ironie blieb uns dabei fast im Hals stecken. Bei manchen Dozenten wunderte man sich schon ein wenig über die doch sehr trockene, monotone Vorgehensweise.

»Sollte ich jemals Professorin werden, dann erinnere mich bitte rechtzeitig daran, mein Augenmerk auf die Studenten und ihre Fragen zu richten.«

»Versprochen«, meinte Chris. »Entschuldige, Süße, ich muss auflegen. Auf dem anderen Apparat kommt gerade ein Gespräch rein. Vermutlich meine Mama. Sicherlich hat sie sich wieder aus der Wohnung ausgesperrt oder braucht meine fachmännische Unterstützung in Sachen Technik.«

»Dann halt dich mal ran! Wir sehen uns morgen Vormittag und am Abend natürlich auch. Kann dich doch nicht mit so vielen Mädels alleine lassen!«

»Bis dann!«

Erst als Chris aufgelegt hatte, fiel mir wieder ein, dass ich ihm eigentlich von dem Brief aus der Mülltonne erzählen wollte. Ich beschloss, das auf Samstag zu vertagen. Dann wäre auch Giulia mit von der Partie, und wir könnten uns gemeinsam Gedanken machen. Sechs Augen sahen mehr als zwei, und drei Gehirne konnten mehr Ideen hervorbringen als eines. In der Zwischenzeit konnte ich ja durchaus schon selbst über eine geeignete Vorgehensweise nachdenken. Es schadete schließlich nie, einen Plan zu haben.

2

Guten Tag, Herr Lohmeier! Wie geht es Ihnen heute?«
Ich stellte den Einkaufswagen auf dem Parkplatz neben meinem Auto ab und begrüßte meinen Nachbarn.

»Ach, Frau Gold! Schön, dass ich Sie auch mal wiedersehe. Ich dachte schon, Sie wären ausgezogen, haha!« Der alte Herr hob zittrig die Hand zum Gruß.

Herr Lohmeier musste so um die siebzig sein. Aber manchmal wirkte er gebrechlich wie ein über Achtzigjähriger und es tat mir oft leid, ihn so einsam zu sehen.

»Nein, nein, keine Sorge, Herr Lohmeier. So schnell werden Sie mich nicht los!« Ich dachte an den Brief und versuchte ihn in ein Gespräch zu verwickeln. Ich konnte einfach nicht anders. Ich musste jeden im Haus unter Verdacht stellen. Außerdem war Herr Lohmeier gewiss bestens über die Nachbarn informiert. Wenn ich es geschickt anstellte, konnte ich ihn ganz unauffällig ein wenig aushorchen.

»Aber natürlich bin ich im Gegensatz zu Ihnen viel unterwegs.« Ich lächelte ihm aufmunternd zu. »Dafür bekommen Sie aber bestimmt viel mehr von unserem Hausleben mit als ich. Erzählen Sie doch mal! Gibt es was Neues?«

Er schüttelte traurig den Kopf, und schon wieder tat er mir schrecklich leid.

»Liebe Frau Gold. Leider zieht das Leben so rasch an mir vorbei, dass ich kaum Zeit habe, mich umzusehen. Ich treffe fast nie Leute aus dem Haus, nur die Kinder, oder besser gesagt, die jungen Herrschaften von gegenüber sehe ich manchmal, aber sie grüßen nur selten.«

Diese ungehobelten kleinen Giftzwerge, dachte ich. Wo da wohl die Erziehung geblieben ist?

»Na ja, die Pubertät, Herr Lohmeier! Glauben Sie mir, die lernen es irgendwann auch noch«, erklärte ich und hoffte inständig, dass ich recht hatte. Der alte Herr nickte lächelnd, und just in diesem Moment sah ich die beiden schweren Einkaufstüten in seinem Einkaufswagen.

»Sagen Sie, kann ich Ihnen behilflich sein?«

»Oh, das wäre aber wirklich freundlich von Ihnen, Frau Gold.« Er lächelte dankbar. »Aber machen Sie sich bitte keine Umstände!«

»Ach was, kommen Sie! Steigen Sie ein, Ihre Tüten lade ich in den Kofferraum. Wir haben doch sowieso den gleichen Weg, es macht mir wirklich keine Mühe.« Ich öffnete die Wagentür und bat Herrn Lohmeier, Platz zu nehmen. Ich brachte die beiden Einkaufswagen zurück und verstaute die Einkäufe.

Auf dem Weg nach Hause – es waren gerade mal drei Minuten mit dem Auto – erzählte mir Herr Lohmeier, wie sehr er sich auf den Besuch seiner Enkelkinder freue. Sie wollten nächstes Wochenende mit seiner Tochter und seinem Schwiegersohn zu ihm kommen, und bei schönem Wetter würden sie vielleicht einen Ausflug in die Gegend machen. Ich registrierte ein freudiges Glitzern in seinen Augen. Ich parkte vor dem Haus, lud die Einkäufe aus und trug Herrn Lohmeier die Taschen bis vor die Wohnungstür. Er bedankte sich vielmals und lobte meine Höflichkeit, die heutzutage ja keine Selbstverständlichkeit mehr sei.

»Danke, lieber Herr Nachbar! Aber einander zu helfen sollte doch wirklich das Natürlichste von der Welt sein. Sagen Sie mir ruhig Bescheid, wenn ich mal für Sie einkaufen gehen soll, oder wir machen das am Wochenende einfach gemeinsam.«

Dankbare Augen strahlten mich an. »Wenn Sie meinen, Frau Gold. Aber wirklich nur, wenn es Ihnen keine Umstände bereitet.«

»Nein, nein, keine Sorge. Falls wir uns nicht mehr sehen sollten, wünsche ich Ihnen am nächsten Wochenende eine wunderschöne Zeit mit Ihrer Familie.«

Ich verabschiedete mich und ging nach oben. Nachdem ich meine Tüten ausgeräumt hatte, bereitete ich mir das Mittagessen. Dann überlegte ich mir, was ich mit dem angebrochenen Nachmittag anstellen wollte. Die Erstsemesterparty begann erst um acht. So hatte ich noch eine Menge Zeit. Sofort meldete sich mein Pflichtbewusstsein und ließ meinen Blick zu dem dicken Wälzer auf meinem Schreibtisch wandern.

Das Läuten an meiner Tür riss mich aus meinen Gedanken, die gerade in das hochkomplexe Thema der Entwicklungspsychologie eintauchen wollten.

»Guten Tag, Frau Gold. Ein Paket für Sie. Es wurde heute früh abgegeben.«

»Herzlichen Dank, Frau Lorenz. Ja, auf die Lieferung habe ich tatsächlich schon gewartet.« Aus einem spontanen Gedanken heraus fragte ich freundlich: »Ach, sagen Sie, hätten Sie nicht Lust, mal einen Kaffee mit mir zu trinken? Sie haben schon so oft ein Päckchen für mich angenommen. Ich finde, das bin ich Ihnen wirklich schuldig.« Ich deutete auf meine Wohnung: »Falls Sie spontan Lust haben, dann herzlich gerne auch jetzt gleich.«

Das wäre eine gute Gelegenheit, etwas mehr über meine Nachbarn zu erfahren, ging es mir durch den Kopf. Das Schicksal schien mir wohlwollend zu sein, da es mir heute schon zwei Gelegenheiten zugespielt hatte, die mich in der Sache mit dem Brief voranbringen konnten.

Die junge Frau schüttelte schüchtern lächelnd den Kopf. »Es tut mir leid. Momentan kann ich nicht. Mein Mann ist oben und erwartet, dass ich für ihn Zeit habe. Vielleicht ein andermal.«

Ich nickte verständnisvoll. »Ja, natürlich. Sie sollten ihn keinesfalls warten lassen!« Ich zwinkerte ihr verschwörerisch zu und flüsterte: »Männer werden schon gerne mal ein bisschen ungeduldig.« Ich erhaschte einen seltsam gequälten Gesichtsausdruck, als sich Frau Lorenz umdrehte, um nach oben zu gehen. Ich weiß nicht, irgendwie macht sie einen unsicheren und verschlossenen Eindruck, dachte ich, als ich die Wohnungstür schloss. Aber ich kannte sie ja auch kaum.

Ich begann ungefähr zwei Stunden vor der Party meinen Kleiderschrank zu durchforsten. Es gab Tage, da wusste ich sofort, was ich wollte, aber zu diesen gehörte der heutige wohl nicht. Ständig nahm ich etwas heraus, probierte es an, um es dann wieder zurückzuhängen.

Ich beschloss, erst eine heiße Dusche zu nehmen und den Kleiderschrank dann erneut in Angriff zu nehmen. Als ich mich endlich für einen schwarz-rot geblümten Rock in Kombination mit einem leuchtend roten Top entschied, war es auch schon fast an der Zeit zu gehen. Für acht Uhr hatte ich mich bei Chris verabredet. Er wohnte in einem der Studentenwohnheime gleich hinter der Uni. Wir hatten es also nicht weit. Giulia würde später nachkommen.

»Hast du keinen Sekt im Haus?«, fragte ich gespielt vorwurfsvoll.

»Wieso? Willst du dir schon vor dem Fest einen Rausch antrinken?«, neckte er mich zurück.

»Noch nie was von vorglühen gehört?«

»Na gut. In dem Fall könnte ich mal bei meinem Zimmernachbarn nachfragen.« Er schlurfte zur Tür und kam wenig später mit einer Flasche Sekt zurück. Wir tranken jeder ein Gläschen und machten uns dann eine halbe Stunde später auf zum Campus.

Die Party war bereits in vollem Gange. Es waren viele Studenten da und natürlich, wie Chris prophezeit hatte, nicht nur Erstsemester. Wir trafen einige Leute aus unseren Seminaren und die Zeit, bis Giulia eintraf, verflog wie im Nu.

»Hi, Leute!«, ertönte die glockenhelle Stimme meiner Freundin. Ich umarmte sie herzlich, drückte ihr mein Sektglas in die Hand und begab mich zur Bar, um mir ein neues zu organisieren. Während ich in dem dichten Gedränge anstand, schnappte ich das Gespräch einiger Studenten auf, die vor mir standen.

»Ach, Kalle, du erinnerst dich doch noch an die hübsche Dunkelhaarige aus unserem Kurs?«

»Die mit dem Lockenkopf und den unwiderstehlichen schwarz-braunen Augen?«

»Genau die!« Der junge Mann senkte die Stimme, aber ich stand dicht genug bei ihnen, um ihn trotzdem zu verstehen: »Stell dir vor, sie soll einen Selbstmordversuch begangen haben! Ich kann es noch immer nicht fassen!«

»Das haut mich jetzt um. Unfassbar – diese Schönheit soll die Nase voll haben vom Leben? Das ist echt die reinste Verschwendung! Also, wenn ich etwas geahnt hätte, ich hätte mich sofort schützend vor sie geworfen und ihr meine Liebe gebeichtet.«

Ich wurde nervös, als das Stichwort »Selbstmord« an mein Ohr drang. Mein Gott, ja! Man konnte wirklich nicht in die Menschen hineinsehen, und so wenig es die beiden jungen Männer vor mir geahnt hatten, so wenig hatte auch ich einen Verdacht, wer in unserem Haus ein Selbstmordkandidat sein könnte. Ich seufzte und beschloss, Giulia und Chris endlich einzuweihen.

Ich schob mich mit meinem Sektglas durch das Gedränge zurück zu meinen Freunden. Wir stießen auf unser Studentenleben an, das jeder von uns auf seine Weise genoss. Chris hatte von uns dreien sicherlich das entspannteste Dasein. Er belegte nur die Pflichtkurse und begann auch erst kurz vor den Prüfungen zu arbeiten, dann allerdings unter Hochdruck. Ansonsten aber konnte man ihn jederzeit auch gerne im Freibad oder Fitnessstudio antreffen. Giulia arbeitete nebenher in einer Bar, denn die Unterstützung ihrer Eltern reichte für ihren ausschweifenden Lebenswandel kaum aus. Sie liebte es, zu reisen und ständig unterwegs zu sein. Es verging kaum ein Wochenende, an dem Giulia nicht die Nacht zum Tag machte und von einem Club zum anderen zog.

Wir standen noch mindestens eine halbe Stunde mit ein paar anderen Studenten beisammen und tratschten und klatschten über Gott und die Welt. Als sich die Gruppe auflöste und wir wieder unter uns waren, packte ich die Gelegenheit endlich beim Schopf.

»Hey, Leute, ich brauche dringend euren Rat in einer ...«, sofort sprach ich etwas leiser, »... sagen wir mal, diffizilen Angelegenheit.«

Giulia musterte mich ungläubig und bemerkte: »Du und Rat suchen? Das kennt man ja gar nicht von dir. Sonst komme ich immer und bitte *dich* um Unterstützung.« Sie lächelte. »Aber natürlich können wir den Spieß auch gerne mal umdrehen.« Sie zwinkerte Chris und mir zu. »Dann schieß mal los!«

»Also ehrlich, es ist nicht leicht, das jetzt richtig rüberzubringen. Vielleicht haltet ihr mich auch gleich für völlig hysterisch, aber ich habe das untrügliche Gefühl, dass ich an einer ernsten Sache dran bin und ich da nichts unversucht lassen darf.«

»Nun mach es doch nicht so spannend«, drängelte Giulia.

Ich öffnete meine Handtasche und zog den Brief heraus, den ich seit Donnerstag mit mir herumtrug. Dann begann ich mit meinen Erklärungen.

»Gestern habe ich in unserer Papiermülltonne dieses Schreiben gefunden. Hier! Seht es euch mal bitte an!«

Neugierig betrachteten Chris und Giulia das Blatt Papier, das ich ihnen unter die Nase hielt. Chris fand zuerst seine Stimme wieder.

»Glaubst du, das ist ernst zu nehmen?«

»Natürlich, sonst hätte ich euch den Brief doch wohl kaum gezeigt.« Ich sah Chris leicht vorwurfsvoll an. »Denkst du, ich übertreibe?«

»Schwer zu beurteilen. Der Verfasser könnte einfach ein paar deprimierende Gedanken niedergeschrieben haben, wie in einem Tagebuch. Vielleicht hatte es danach für den Schreiber keine Bedeutung mehr.« Er machte eine kleine Pause. »Oder es handelt sich um einen Autor, der gerade an seinem neuesten Roman arbeitet, und das ist nur ein Auszug aus dem Manuskript.«

»Ja, da muss ich Chris ausnahmsweise mal recht geben«, meinte Giulia. »Vielleicht sind es nur unbedeutende Notizen. Oder Punkt eins trifft zu: Der Schreiber wollte sich nur um seinen ganzen Seelenmüll erleichtern. Andererseits, wenn die Selbstmordgedanken doch ernst zu nehmen sind, wäre es gut zu wissen, wer das geschrieben hat. Hast du einen Verdacht? Es muss wohl jemand aus deinem Haus sein, oder?«

»Genau, das ist der springende Punkt. Ich weiß nicht, wer es geschrieben hat.«

»Und nun willst du es herausfinden«, ergänzte Chris.

»Und dazu brauchst du unsere Hilfe! Aber was könnten wir da tun?« Giulia lachte. »Sollen wir etwa das Haus observieren?«

»Keine schlechte Idee, wenn man von der Tatsache absieht, dass wir uns alle noch um unser Studium kümmern müssen.«

»Und manche von uns sogar noch um ihren Lebensunterhalt«, fügte Giulia hinzu.

»Tja, da hast du wohl recht! Aber wisst ihr, irgendetwas sagt mir, dass es sich hierbei um eine todernste Angelegenheit handelt. Ich kann es euch nicht erklären. Es ist einfach nur mein Instinkt.«

»Okay«, sagte Chris, »nehmen wir die Sache ernst. Du willst einen Rat von uns, wie du jetzt vorgehen kannst, um Schlimmeres zu verhindern? Ich denke, du musst deine Nachbarn alle genau unter die Lupe nehmen – einen nach dem anderen.«

»Ja, du musst alle näher kennenlernen, damit du dir ein Bild machen kannst!«, bestätigte Giulia.

»Ihr meint, ich soll meine Nachbarn auspionieren?«, seufzte ich und setzte ein kleines, schiefes Lächeln auf. »Um ehrlich zu sein, mache ich das bereits, seit ich den Brief gefunden habe. Ich hatte gehofft, ihr hättet vielleicht noch eine andere, etwas konkretere Idee.« Ich nippte nachdenklich an meinem Sektglas.

»Nun ja, du kannst ja schlecht einen Aushang am Schwarzen Brett eures Hauses anbringen, wer gerade unter einer Depression leidet und Abschiedsbriefe schreibt«, meinte Chris.

Giulia prustete los vor Lachen. »Das sehe ich genauso. Man stelle sich vor, wie alle plötzlich in Aufruhr wären, und der Schreiber bekäme dann erst recht kalte Füße. Nein, ich glaube, es gibt nichts anderes, was du tun könntest, wenn dir die Sache so ernst ist.«

Ich nickte langsam. »Ja, scheint wohl so.«

»Warte mal, ich hab's!«, rief Chris. »Du veranstaltest

eine Hausparty. Das ist noch nicht mal was Außergewöhnliches. Viele Leute machen das, einfach um ihr freundschaftliches Nachbarschaftsleben zu fördern.«

»Ja, das klingt super, Lucy!«, sagte Giulia begeistert. »Das ist die Idee! Natürlich helfen wir dir dabei, das Fest vorzubereiten und«, sie hielt einen Moment inne, »natürlich werden wir dann auch dabei sein!«

»Genau! Wir könnten ja die Leute bewirten und nebenher unser detektivisches Auge schweifen lassen.«

»Okay, Leute. Das klingt ja schon mal nach einem vernünftigen Vorschlag. Gebt mir noch ein bisschen Zeit, darüber nachzudenken.«

»Wenn du uns brauchst, dann gib Bescheid!«, meinte Giulia gut gelaunt. »Aber jetzt kommt! Mischen wir uns noch ein bisschen unters Volk, bevor hier die Lichter ausgehen!«

Es war weit nach Mitternacht, als Giulia und ich angeheitert mit dem Taxi nach Hause fuhren. Zum Glück wohnten wir nicht weit auseinander, sodass sich die Investition zu zweit tatsächlich lohnte. Chris brauchte ja nur die Straße zu überqueren, um sein Studentenwohnheim zu erreichen. Ich fiel müde ins Bett und dachte fürs Erste nicht mehr an meine Nachbarn.

3

Ich ließ den Samstagnachmittag geruhsam angehen. Nach einer gemütlichen Latte Macchiato entschloss ich mich, ein wenig joggen zu gehen. Glücklicherweise wohnte ich relativ nahe am Stadtpark. Die Sonne schien, und ich genoss es, die angenehm warme Luft, die noch nach frisch gemähtem Gras roch, tief zu inhalieren und nebenbei dem Vogelgezwitscher zu lauschen. Eine Menge Leute lagen auf der Wiese oder spazierten die Wege entlang der schön bepflanzten Beete und der blühenden Sträucher und Bäume.

Die Hälfte der Strecke hatte ich schätzungsweise schon hinter mir, als ich weiter vorne auf einer Bank eine Gestalt entdeckte, die mir bekannt vorkam. Ich versuchte nicht allzu auffällig hinüberzuschauen und blieb hüpfend und springend stehen, machte Kniebeugen und Hampelmänner, sodass ich dadurch noch etwas Zeit gewann, näher hinzusehen. Der junge Mann, den ich im Visier hatte, saß dort mit zwei Gleichgesinnten und ließ sich am helllichten Tag mit Bier volllaufen. Mehrere leere Dosen lagen bereits verstreut auf der Wiese neben ihnen. Die Burschen grölten und lachten, und nur wenig später war ich mir ganz sicher: Es handelte sich um Fabio, den Sohn der Familie Hartmann, die bei mir im Hause wohnte. Er war ein gerade auffällig pubertierender Junge, groß, schlank und gutaussehend. Sein Erscheinungsbild passte zu seinem extrovertierten Gehabe. Die Hosen hingen für gewöhnlich einen halben Meter tief in den Kniekehlen, seine schwarzen, mit dämonischen Gestalten versehenen T-Shirts und seine Nietenarmbänder machten den Umbruch, der in ihm vorging, deutlich. Er mochte siebzehn oder achtzehn Jahre alt sein. Soweit mir bekannt war, steckte er in Abitur-Vorbereitungen. Doch das Bild, das er hier abgab, war ein ganz anderes.

Ich lief weiter und war mir nicht sicher, ob ich haltmachen sollte, um Fabio zu begrüßen. Wahrscheinlich nahm er sowieso keine Notiz von mir. Er wirkte schon betrunken und war offensichtlich zu beschäftigt mit seinen Kumpanen. Also joggte ich unauffällig an ihnen vorbei und verlangsamte erst nach einigen Metern Entfernung mein Tempo. Ich blieb stehen, keuchte ein wenig nach den vielen Hampelmännern und ließ mich dann auf den Rasen am Wegesrand fallen. Gedanken schossen mir durch den Kopf. Könnte es sein, dass Fabio mehr Probleme hatte als andere Jugendliche in seinem Alter? Ich wusste nicht viel über ihn. Er spielte in einer Basketballmannschaft – das hatte mir seine Mutter einmal erzählt. Von schulischen oder sonstigen Schwierigkeiten wusste ich nichts.

Eine unbändige Neugier entflammte in mir. Könnte er der Verfasser des Briefes sein? Irgendwie musste ich dahinterkommen. Da ich gerade sowieso nichts Besseres zu tun hatte, beschloss ich zu verweilen und mein nichts ahnendes Opfer so lange zu beschatten wie nur irgend möglich. Zunächst bewegten sich die jungen Männer nicht von ihrem Platz. Da war es ein Leichtes, sie im Auge zu behalten. Ich saß geschätzte zwanzig Meter von ihnen entfernt. Weit genug, um nicht aufzufallen. Sie tranken weiter Bier und johlten in übertriebener Lautstärke. Ich tat so, als wollte ich mich lediglich von einer langen Joggingtour ausruhen. Leider konnte ich auf die Entfernung nur einzelne Gesprächsfetzen aufnehmen, die der Wind an mein Ohr trug. Genug immerhin, um zu erkennen: Die Jungs unterhielten sich ganz offensichtlich über Mädchen. Dabei fiel ein Name häufiger: Ella. Wer von den dreien es auf sie abgesehen hatte, konnte ich allerdings nicht ausmachen. Dann sangen, nein, besser gesagt, grölten sie plötzlich lauthals ein Lied. Der Text – soweit er bei mir ankam – klang doch eher destruktiv. Ich stellte mir lauter schwarz gekleidete Teenies mit düsterem Gesichtsausdruck vor, mit E-Gitarren in den Händen – oder mit Schlagstöcken … Eine Stimmung, die nichts Gutes verhieß.

Unvermittelt brach die kleine Gruppe auf. Die leeren Bierdosen ließen sie auf der Wiese liegen. Ich überlegte rasch, ob ich zu ihnen hinüberrufen sollte, sie hätten da etwas verloren. Aber dann wäre meine Tarnung aufgeflogen. Dummerweise kamen sie nun aber genau in meine Richtung. Jetzt aufzuspringen hätte vermutlich eine peinliche Begegnung zur Folge gehabt. Ruckartig drehte ich mich also auf den Bauch, zog mein Handy aus der Tasche und tat so, als telefonierte ich. So lief ich nicht Gefahr, von Fabio angesprochen zu werden, falls er mich doch erkannt haben sollte.

Die jungen Männer liefen, ohne mich eines Blickes zu würdigen, an mir vorbei. Vermutlich waren sie so sehr mit sich selbst beschäftigt, dass jemand anderes gar nicht erst in ihr Bewusstsein geriet. Als sie sich ein Stück entfernt hatten, beschloss ich, ihnen zu folgen. Es spielte keine Rolle, ob ich etwas früher oder später nach Hause kam. Es war ja niemand da, der auf mich wartete. Wir durchquerten den Park. Ich blieb auf Sicherheitsabstand. Erst als wir den Park hinter uns gelassen hatten, wagte ich mich ein wenig näher heran.

Auf der Straße waren auch eine Menge anderer Leute unterwegs, da fiel ich bestimmt nicht auf.

An der Haltestelle der Linie sechs verabschiedete sich Fabio von seinen Freunden. Ich geriet unter Zugzwang. Sollte ich ihm folgen? Ich hatte nicht viel Zeit zu überlegen. Die Bahn fuhr gerade ein. Entschlossen stieg ich in den nächsten Waggon ein und bemühte mich, Fabio genau im Auge zu behalten. Einige Haltestellen später, am großen Sportplatz, stieg er aus, und ich sprang hinterher. Er marschierte auf das Vereinsheim zu. Wahrscheinlich ging er zum Training. Zumindest hatte er eine Sporttasche dabei. Ich blieb ihm dicht auf den Fersen. Als er in der Umkleide verschwunden war, wurde ich Zeuge einer unschönen Unterhaltung, die hinter der Tür stattfand, offensichtlich zwischen Fabio und seinem Trainer.

»Ich habe dir schon tausendmal gesagt, dass du in alkoholisiertem Zustand hier nichts zu suchen hast!«, schrie eine erboste, äußerst maskuline Stimme. »Was ist nur los mit dir? Aus dir könnte richtig was werden, wenn du dich dahinterklemmen würdest! Du hast das Zeug dazu! Aber wenn du so weitermachst, schmeiß ich dich höchstpersönlich raus, bevor die Saison zu Ende ist! Hast du mich verstanden?!«

»Wenn du mich nicht brauchst, kann ich ja gleich gehen«, motzte Fabio beleidigt zurück. »Was für ein Aufstand, nur weil ich einmal ein bisschen über den Durst getrunken habe.«

»Einmal?« Die Stimme des Trainers überschlug sich beinahe. »Das ist mindestens das dritte Mal in diesem Jahr. Wenn du keine Lust aufs Training hast und nicht das Mindestmaß an Disziplin aufbringen kannst, dann bleib zu Hause! Ich habe hier keinen Platz für Halbstarke und Clowns. Du hast das letzte Spiel dermaßen vermasselt, dass du bei weiterem Leistungsabfall auf der Ersatzbank bleibst. So sieht es nämlich aus, junger Mann!«

Ich hörte Schritte auf die Tür zukommen. Panisch sprang ich zur gegenüberliegenden Toilettentür, riss sie auf und versteckte mich darin. Zugegeben, ich war etwas in Sorge, nicht die Einzige in diesem Raum zu sein, da es sich um eine Sammeltoilette handelte. Um es noch ein wenig deutlicher zu sagen: Es war ein Männerklo. Und so roch es auch. Aber ich wollte mich ja nicht länger hier aufhalten als nötig, also hielt ich die Luft an und hoffte, dass nicht just jemand hereinkam, um sein Geschäft zu verrichten.

Ich öffnete die Tür einen Spalt und hörte, wie die Schritte des Trainers verklangen. Leise schlich ich mich auf den Korridor hinaus und steuerte dem Ausgang entgegen – gerade noch rechtzeitig, um niemandem in die Arme zu laufen. Fürs Erste hatte ich genug gesehen und gehört. Fabio schien bis zum Hals in Schwierigkeiten zu stecken. Vermutlich lief es in der Schule auch nicht so gut, und wenn dann noch ein Mädchen im Spiel war,

war der deprimierte Eindruck, den er machte, absolut nachvollziehbar.

Nachdenklich stieg ich in die Bahn und fuhr nach Hause. Fabio war nun ein Hauptverdächtiger. Ich würde aber wohl noch weitere Observierungen vornehmen müssen, um mir ein klares Bild zu verschaffen.

Wieder zu Hause, schrieb ich Giulia und Chris eine Nachricht, in der ich ihnen das heutige Erlebnis genau schilderte. Ihre Antworten kamen prompt, sie lobten meinen Mut und bestärkten mich darin, die Suche nach dem Selbstmordkandidaten fortzusetzen. Giulia drängte, ich solle nicht zu lange mit der Hausparty warten, man wisse ja nie, wie ernst es jemand in solch einer Lage meinte. Ich setzte mich also sogleich an die Einladung für das übernächste Wochenende, druckte sie aus und warf jedem Nachbarn ein Exemplar in den Briefkasten. Zusätzlich hängte ich die Einladung noch ans Schwarze Brett im Treppenhaus und hoffte, dass mein Selbstmordkandidat bis zum Termin nicht ernst machen würde.

Meine Tante rief an und fragte, ob ich am Abend auf meine kleine Cousine aufpassen könnte. Ich half ihr manchmal als Babysitter aus und verdiente mir damit ein kleines Taschengeld. Meine Cousine Lilly war fünf Jahre alt und so ziemlich das süßeste kleine Mädchen, das man sich nur vorstellen konnte. Mit ihren blonden Löckchen und den großen blauen Augen sah sie wirklich aus wie ein Goldengelchen.

Als ich am frühen Abend bei meiner Tante klingelte,

öffnete mir Lilly höchstpersönlich die Tür und hüpfte freudestrahlend um mich herum. Sie konnte es kaum erwarten, mich in ihr Zimmer zu zerren. Tante Emi stellte noch das Essen auf den Herd und verabschiedete sich dann. Zuerst musste ich Lillys Kuscheltiere begrüßen, anschließend spielten wir Mensch ärgere dich nicht!, bis das Essen fertig war. Ich setzte Lilly auf ihren Kinderstuhl und band ihr ein Lätzchen um, das sie sofort wieder entfernte, mit der Begründung, sie sei doch kein Baby mehr.

»Also gut, große Lilly«, beschwichtigte ich sie und schöpfte uns Kartoffelsuppe in die Teller. »Nun zeig mal, wie schön du essen kannst … und danach habe ich noch eine kleine Überraschung für dich.«

Lillys Augen wurden groß und begannen zu leuchten. Sie hatte das hübsch verpackte Päckchen, das ich auf die Kommode gelegt hatte, schon entdeckt.

»Ist es das da drüben?«, fragte sie neugierig und konnte sich kaum noch auf das Essen konzentrieren. Na prima, das hatte ich ja mal wieder clever gemacht. Ich sollte mir endlich merken, dass für Kinder nur das Hier und Jetzt zählte und es für Geduld keinen Platz gab. Ich war erleichtert, Lilly dennoch davon überzeugen zu können, den Teller leer zu essen, bevor sie sich über das Geschenk hermachen durfte.

»Oh, wie toll! Ein Buch!« Begeistert hüpfte sie mit ihrem neuen Schatz auf meinen Schoß, und ich musste ihr sofort die Geschichte von Pettersson und Findus vorlesen. Nach der Hälfte des Buches konnte ich meine kleine Cousine dazu bewegen, ihren Schlafanzug anzuziehen und die Zähne zu putzen. Ich versprach ihr, wenn sie sich beeilte, würde ich ihr noch die restlichen Seiten vorlesen. Diese Aussage zeigte Wirkung. Kaum eine Viertelstunde später sprang Lilly gut gelaunt in ihr Bett. Ich hatte soeben den letzten Satz gelesen, da merkte ich, wie mein Schützling schläfrig wurde. Sie umarmte mich und drückte mir einen dicken Kuss auf die Wange.

»Weißt du, Lucy, ich hab dich ganz doll lieb!«

Gerührt drückte ich sie an mich und streichelte ihr über ihr Lockenköpfchen.

»Gibt es eigentlich noch mehr solche Geschichten von dem Kater und dem alten Mann?«

»Ja, es gibt noch ganz viele«, versicherte ich ihr.

Sie seufzte erleichtert. »Das ist gut!«

Bevor sie einschlief, murmelte sie noch: »Wenn du wiederkommst, bringst du mir dann noch mal so ein Buch mit?«

Ich küsste sie und sagte: »Ich habe eine noch viel bessere Idee! Das nächste Mal, wenn du mich besuchen kommst, gehen wir zusammen in eine Buchhandlung, und du suchst dir die Geschichte aus, die du haben möchtest.«

Lilly lächelte glücklich und fragte: »Versprochen?«

»Ganz fest versprochen! Aber jetzt musst du schlafen. Gute Nacht, Lilly!«

»Gute Nacht, Lucy!«

4

Als ich vom Babysitten nach Hause kam, erblickte ich schon auf halber Höhe meines Stockwerkes eine Notiz, die an meiner Wohnungstür klebte.

Liebe Frau Gold,
vielen Dank für die Einladung zu Ihrer Party. Wir kommen gerne. Vielleicht werden die Kinder nicht dabei sein, da sie oft ihre eigenen Pläne haben.
  Gerne tragen wir etwas zu Ihrem Büffet bei.
  Wir freuen uns!
  Herzliche Grüße
  Ihre Familie Hartmann

Ach herrje! Meine Strategie schien nicht aufzugehen. Gerade die beiden pubertierenden Jugendlichen hatte ich ja in Sachen Abschiedsschreiben besonders im Visier. Nun ja, vielleicht konnte ich ja wenigstens ihre Eltern unauffällig aushorchen und einige wichtige Informationen sammeln.

Ich setzte mich an meinen Schreibtisch und nahm mir meine Bücher vor. In der kommenden Woche würde ich noch eine Hausarbeit abliefern müssen, das hieß, ich musste endlich loslegen und zwangsläufig meine Gedanken zu anderen Themen im Zaum halten.

Nach drei Stunden konzentrierten Arbeitens hatte ich keine Energie mehr und verordnete mir eine Zwangspause. Ich rief Giulia an und fragte, ob sie Lust habe, mit mir auf ein Stündchen ins Fitnessstudio zu gehen. Wir trainierten beide ein- bis zweimal die Woche und, sooft es ging, gemeinsam, anschließend gingen wir dann noch meist in eine Bar um die Ecke.

Im Studio war nicht viel los. Wir konnten also ungehindert an alle Geräte. Ich war schon nach einer halben Stunde fix und fertig, aber ich wollte mir nichts anmerken lassen. Also biss ich die Zähne zusammen, schwitzte und keuchte zwar wie eine Dampfwalze, aber immerhin hielt ich noch weitere zwanzig Minuten durch. Doch jetzt brauchte ich dringend eine heiße Dusche. Hoffentlich hatte sich die Plackerei wenigstens gelohnt und dazu beigetragen, mich um ein paar Pfunde zu erleichtern.

Als wir uns erfrischt hatten, gingen wir noch auf einen Drink in *Bernies Bar*. Es war noch früh am Abend und noch nicht viel los. Wir bestellten uns jeder einen Sex on the Beach und knabberten ein paar Tacos dazu. Das war's dann auch mit den verlorenen Pfunden, aber daran wollte ich jetzt lieber nicht denken. Vielmehr beschäftigte mich Giulias deprimierter Gesichtsausdruck.

»Also, erzähl mal, was liegt dir auf der Seele?«, fragte ich geradeheraus.

»Was meinst du, Lucy? Ich hab keine Ahnung, wovon du sprichst.« Giulia sah mich irritiert an.

»Ich kenne dich nun lange genug, um zu wissen, dass mit dir etwas nicht stimmt«, beharrte ich.

»Wieso, ich …«, stammelte Giulia. »… also ich weiß wirklich nicht, was du meinst!«, rief sie fast schon ein bisschen verärgert.

Ich grinste. »Los jetzt, raus mit der Sprache!«

Giulia wich meinem Blick aus und starrte stattdessen auf ihren Cocktail. Nach einer Pause rappelte sie sich auf. »Also gut. Hast ja recht. Ich hätte es dir sowieso früher oder später erzählt.« Sie hüstelte. »Es ist so …, es gibt da jemanden in meinem Leben …, ach nein, das stimmt eigentlich nicht. Es gibt ihn nicht wirklich, so wie ich mir das wünsche. Aber sagen wir mal so: Da ist jemand, für den ich mehr übrig habe als für andere. Unglücklicherweise bin ich mit dieser Person ständig konfrontiert. Ich kann ihr nicht ausweichen – und das macht es so verdammt schwer!« Sie nahm einen Schluck von ihrem Cocktail und seufzte.

»Verstehe. Es gibt da also ein männliches Wesen, für das du starke Gefühle hast, doch der Auserkorene weiß noch nichts davon.« Ich grinste breit. »Aber das ist doch nun wirklich kein Problem, mein Herzblatt. Du bist doch sonst nicht schüchtern, wenn es ums Flirten geht!«

»Du verstehst eben nicht. Es liegt an der Situation. Ein Flirt wäre unpassend; eine Katastrophe, um ehrlich zu sein, vor allem, wenn der Schuss dann nach hinten losgehen sollte!«

»Ah, jetzt verstehe ich. Es ist ein Kollege in der Bar, in der du abends arbeitest!«

Giulia druckste herum. »Um genau zu sein, er ist nicht irgendein Kollege.«

»Auweia. Du brauchst nicht weiterzusprechen. Er ist dein Chef. Habe ich recht?«

Meine Freundin nickte. »Tja, da hast du mal wieder ins Schwarze getroffen!«

»Und wie lange geht das schon? Ich meine, deine Gefühle für ihn.«

»Nun ja, fast drei Monate, um ehrlich zu sein.« Sie sah mich schuldbewusst an.

»Was? Und das erzählst du mir erst jetzt?« Ich konnte es nicht fassen, dass meine Freundin mir ihre Gefühle und Sorgen so lange nicht anvertraut hatte.

»Du weißt schon, wie sich das jetzt für mich anfühlt, oder?«

Giulia blickte verstohlen auf ihre Hände, die das Cocktailglas fest umklammert hielten.

»Es tut mir ja leid. Aber ich habe mich so geschämt. Außerdem wollte ich mir meine Gefühle selbst nicht zugestehen. Ich hatte gehofft, es würde sich mit der Zeit schon wieder legen, und ich könnte dann einfach zur Normalität zurückkehren. Aber Normalität gibt es bei mir schon lange nicht mehr. Ständig muss ich an ihn denken: Morgens, mittags, abends, nachts. Ich kann kaum noch schlafen.«

»Oje, dich hat es wirklich schlimm erwischt. Muss ich mir Sorgen um dich machen?«

»Wenn ich das nur selbst wüsste. Irgendwie habe ich wohl meine Mitte verloren«, erwiderte Giulia traurig.

»Na, dann müssen wir dafür sorgen, dass du sie ganz schnell wiederfindest. Pass auf, wir machen uns einen Plan und überlegen uns haarklein, wie du wieder ganz die Alte wirst, aber bei deinem Schwarm trotzdem vorankommst. Übrigens, ich finde, du solltest es ihm sagen«, kicherte ich.

»Du bist wohl von allen guten Geistern verlassen. Das

werde ich auf keinen Fall tun! Das könnte mich meinen Arbeitsplatz kosten, und noch dazu würde ich mein Gesicht verlieren.«

Ich konnte mir ein Lachen nicht verkneifen. »Genau das wollte ich hören! Ich wollte nur auf Nummer sicher gehen, wie ernst es dir wirklich ist und ob du schon so weit bist, deine Nerven zu verlieren. Aber ich sehe, dein Verstand arbeitet noch ganz zuverlässig.« Ich holte Luft. »Natürlich wirst du es ihm nicht sagen! Das wäre ja auch zu plump, und wie du gesagt hast, zu riskant. Aber ein klein wenig musst du natürlich schon wagen. Ohne Risiko kein Sieg!«

»Ich weiß! Wie ich dich kenne, hast du auch bereits eine Strategie entwickelt. So etwas denkt sich dein Hirn ja innerhalb von Millisekunden aus. Was schlägst du also vor?«

Ich dachte kurz nach, dann begann ich: »Also erstens, du ziehst dir jeden Tag sexy Klamotten an – natürlich alles im Rahmen, es soll ja nicht billig rüberkommen. Zweitens, du kehrst deine liebenswürdigste Seite heraus und lächelst dein charmantestes Lächeln, wann immer du ihm begegnest.«

»Ganz ehrlich, Lucy, darauf bin ich auch selbst schon gekommen. Nun werd doch mal ein bisschen konkreter.«

»Na gut. Drittens, du musst es irgendwie einfädeln, dass ihr zusammen ausgeht. Natürlich darf es nicht zu aufdringlich rüberkommen. Eine direkte Einladung wäre da eher unpassend.«

Giulia nickte. »Genau das ist ja das Problem. An dieser Stelle komme ich einfach nicht weiter.«

»Warte, ich hab's! Du musst herausfinden, was er gerne in seiner Freizeit macht. Und da können wir dann ansetzen.«

»Ich weiß zwar nicht genau, was du im Sinn hast, aber gut, das lässt sich vermutlich herausfinden. Soweit ich weiß, arbeitet er morgen in derselben Schicht wie ich. Zurzeit sind einige Kollegen krank, und er hilft öfter an der Bar aus.«

»Na bitte! Das ist doch die Gelegenheit, ihn mal ein bisschen genauer unter die Lupe zu nehmen. Habt ihr euch überhaupt schon mal auf persönlicher Ebene unterhalten?«

»Nur oberflächlich. Ich glaube, er hält zu seinen Mitarbeitern grundsätzlich einen gewissen Sicherheitsabstand. Wahrscheinlich möchte er nicht, dass die Kollegen denken, er würde einen von uns bevorzugen.«

»Ja, klingt irgendwie logisch. Heißt aber im Prinzip nicht, dass er gänzlich uninteressiert wäre, stimmt's?«

»Zumindest hat er noch nie eine Frau in seinem Leben erwähnt, und ich habe auch keine gesehen, die ihn schon mal in der Bar besucht hätte.«

»Und genau da müssen wir ansetzen! Du musst dir ganz sicher sein, dass es keine Konkurrenz gibt, und nebenbei musst du herausfinden, was er so in seiner Freizeit treibt.«

Giulias Augen begannen zu funkeln. »Meinst du wirklich? Und was dann? Ich kann doch nicht …«

»Doch, du kannst. Aber was du genau tun wirst, überlegen wir uns, wenn du die nötigen Informationen beisammenhast.«

Meine Freundin fiel mir beinahe um den Hals. »Du bist wirklich die Beste, Lucy! Was würde ich nur ohne dich machen?«

»Na ja, auf jeden Fall würdest du dir in Sachen Liebe selbst im Weg stehen.«

Wir mussten beide herzhaft lachen. »Ja, ich fürchte, du liegst mal wieder richtig«, stimmte Giulia zu. »Komm, lass uns zahlen. Ich muss morgen früh raus.«

»Ich sollte wohl auch noch einen Blick in meine Bücher werfen. Die Hausarbeit schreibt sich schließlich nicht von allein.«

Ich tippte den letzten Satz meiner Arbeit in Sozialpsychologie in den Computer und lehnte mich zufrieden zurück. Ich hatte es geschafft – schneller, als ich gedacht hatte. Ich las den zwanzigseitigen Text noch einmal Korrektur und schnaufte zufrieden durch. Psychologie war nicht nur ein beruflich aussichtsreiches Fach, es faszinierte mich auch persönlich sehr. In meiner Freizeit stieß ich immer wieder auf Situationen, die ich psychologisch durchleuchtete.

Da fiel mir auch sogleich der Brief wieder ein, und ich dachte daran, wie ich in diesem Fall vorankommen könnte. Die Party rückte näher, doch noch hatte ich genügend Zeit für meine Vorbereitungen. Ich musste mir eben schon vorab ein paar Gedanken machen, beispielsweise wegen meiner wenigen Sitzgelegenheiten. Ich lebte in einer typischen Studentenwohnung. Ein Tisch und vier Stühle und noch eine kleine ausklappbare Tischplatte in der Küche mit zwei Klappstühlen – das war alles. Nicht gerade komfortabel, und vor allem würden die Plätze nie für alle Hausgäste ausreichen. Nachdem sich nun auch noch meine Freunde angekündigt hatten, würde es richtig eng werden. Ich beschloss, die Nachbarn nach Sitzgelegenheiten zu fragen. Gerade hatte ich sowieso nichts Wichtigeres zu tun, und es war früher Abend, da war anzunehmen, dass die meisten Leute zu Hause waren. Ich begann bei dem Pärchen unter mir. Die junge Frau öffnete schüchtern die Tür und spähte heraus.

»Hallo, Frau Lorenz. Ich will Sie nicht lange stören. Aber ich hätte da mal eine Frage wegen meiner Hausparty. Da Sie sich noch nicht rückgemeldet haben, wollte ich nachfragen, ob Sie und Ihr Mann überhaupt Interesse haben zu kommen. Und dann wollte ich Sie bitten, ob Sie vielleicht ein paar Stühle mitbringen könnten?«

Ich hörte ein Poltern im Hintergrund und eine Männerstimme, die einen langen, hässlichen Fluch hervorbrachte.

»Also, ehrlich gesagt, ich weiß noch nicht, ob wir kommen können«, flüsterte die junge Frau. Sie deutete auf das Zimmer hinter ihr. »Es kommt immer darauf an, ob er gute Laune hat, und das ist zurzeit leider nicht so oft der Fall. Wissen Sie, beruflich läuft es bei ihm gerade nicht richtig glatt. Er hat deswegen große Sorgen.«

»Verstehe«, antwortete ich verständnisvoll. »Sie können mir auch noch kurzfristig Bescheid geben.«

»Das ist sehr nett, Frau Gold, und wenn wir kommen, dann bringen wir auf jeden Fall ein paar Stühle mit.«

Eilig schloss sie die Tür, und ich blieb noch eine Weile nachdenklich vor ihrer Wohnung stehen.

Diese nette junge Frau scheint alles andere als glücklich zu sein, ging es mir durch den Kopf. Mit einem Mal stand sie auf der Liste der Verdächtigen ganz oben neben Fabio. Ich klingelte beim Nachbarn gegenüber. Ein Mann mittleren Alters öffnete mir. Ich hatte ihn bis jetzt nur wenige Male im Treppenhaus getroffen, aber ich musste zugeben, dass er äußerst attraktiv war. Sein markantes Gesicht kam durch seine gepflegte Frisur besonders gut zur Geltung. Im Gegensatz zu den anderen Nachbarn wohnte er noch nicht lange hier. Außerdem schien er beruflich sehr eingespannt zu sein. Auf jeden Fall kam es mir so vor, als wäre er fast nie zu Hause. Er wirkte ruhig und unauffällig, aber auch etwas distanziert.

Sein Aftershave lag in der Luft und versprühte eine angenehme Männlichkeit. Ich musste mich zusammenreißen, um meine Konzentration auf mein eigentliches Anliegen zu richten.

»Guten Tag, Herr Liebig. Entschuldigen Sie bitte die Störung. Ich wollte mich nur wegen der Hausparty bei Ihnen melden und fragen, ob Sie Lust hätten zu kommen?«

»Ach ja, die Party. Ich hatte ganz vergessen, mich bei Ihnen rückzumelden. Ich habe in dieser Woche zwar beruflich viel zu tun und bin vermutlich für ein paar Tage im Ausland, aber wenn alles nach Plan läuft, müsste ich nächstes Wochenende wieder hier sein. Dann schaue ich gerne mal bei Ihnen vorbei.« Er klang äußerst sachlich, fast schon ein wenig kühl. Zumindest konnte ich keine Emotion in ihm lesen und hoffte, er sagte das alles nicht nur aus reiner Höflichkeit.

Ich lächelte etwas unsicher. »Das würde mich sehr freuen!«

»Wäre Rotwein ein gutes Gastgeschenk für die Zusammenkunft?« Er wirkte plötzlich verlegen. »Als Koch eigne ich mich nämlich nicht besonders.« Der Hauch eines Lächelns huschte über sein Gesicht. Dann wurde er schlagartig wieder ernst.

»Kann ich sonst noch etwas für Sie tun?«

Ich wollte mich schon dankend abwenden, da fielen mir wieder die fehlenden Sitzmöbel ein. »Ach ja, da wäre noch etwas. Könnten Sie vielleicht ein paar Stühle mitbringen?«

»Lassen Sie mich mal überlegen.« Nach einer kurzen Bedenkzeit meinte er: »Ich glaube, ich habe eine bessere Idee. In meinem Keller bewahre ich eine Bierbank auf. Das wäre doch wahrscheinlich am praktischsten.«

Ich nickte begeistert. »Das wäre wirklich toll! Vielen Dank schon mal vorab!«

Er lächelte nicht und schien von seiner eigenen Idee auch nicht sonderlich angetan zu sein. Vermutlich legte er keinen gesteigerten Wert darauf, mit den Nachbarn hautnah zusammenzusitzen. Das Gefühl, dass er ein Einzelgänger war, machte sich noch stärker in mir breit. Aber gut, zumindest hatte er schon mal nicht abgesagt. Er versuchte sich offenbar auf seine eigene Art einzubringen.

Auch der alte Herr Lohmeier von unten sagte zu, und

nicht nur das. Er strahlte über das ganze Gesicht. Es schien ihm eine übermäßige Freude zu sein, bei der Feier dabei sein zu dürfen. Wenn man bedenkt, dass der alte Mann nur noch selten aus dem Haus kam und die wenigen Angehörigen, die er noch hatte, sich nur spärlich bei ihm blicken ließen, so musste es für ihn wirklich eine kurzfristige Erlösung aus seinem tristen Alltagstrott sein.

Zufrieden kehrte ich in meine Wohnung zurück und schrieb meinen Freunden eine kurze Nachricht, dass der Party nun nichts mehr im Wege stehen würde. Ich bat sie außerdem, sich ab Samstagfrüh bereit zu halten, um die nötigen Vorbereitungen zu treffen.

In dieser Nacht schlief ich gut. Ich hatte eine Menge Hürden geschafft, die Hausarbeit war abgabebereit und die Party in trockenen Tüchern. Nun durfte einfach nichts mehr schiefgehen. Glücklicherweise war ich sowieso Optimistin und rechnete grundsätzlich immer mit dem Besten. So würde es bestimmt auch dieses Mal kommen.

5

Ich habe es getan, Lucy!«

»Du hast was getan?«, fragte ich schläfrig. Es war schon spät. Ich war den ganzen Tag an der Uni gewesen und war nun rechtschaffen müde.

»Ich habe ihn ausgehorcht. Und es war gar nicht furchtbar kompliziert. Das Praktische war, er hatte mit mir Schicht, weil Uli nicht kommen konnte. Es war nicht so viel los in der Bar, sodass wir ungestört reden konnten. Er begann das Gespräch und fragte mich, wie mein Studium laufe. Ich glaube, er wusste bis dahin noch nicht einmal, was ich überhaupt studierte. Als ich ihm erklärte, dass mein Fach Jura sei, erhellte sich seine Miene, und er begann mich auszufragen, beinahe so, als würde er seine Kenntnisse darin selbst gerne vertiefen. Da fragte ich so nebenbei, was er denn gerne in seiner Freizeit mache, und er erzählte mir, dass er leidenschaftlicher Segler sei, aber seine zweite Leidenschaft dem Theater gehöre. Er hatte wohl mal in einer Laiengruppe mitgespielt, doch es leider nicht zu mehr gebracht. Dieser Sache würde er heute noch nachtrauern, erklärte er. Die Zeit lasse es aber einfach nicht zu, und das Segeln sei ihm so wichtig geworden, dass er in kein weiteres Hobby mehr investieren könne. Ich bestätigte sofort mein Interesse für seine Hobbys und erzählte ihm begeistert von meinem Segeltörn im letzten Jahr, als ich mit Bea und Thommy über das Ijsselmeer gesegelt bin. Es war nicht einmal geschwindelt, denn ich habe dieses Erlebnis tatsächlich wahnsinnig genossen.

Nach Feierabend tranken wir noch zusammen einen Ouzo, und er bedankte sich für meinen Arbeitseinsatz. Ich wäre stets freundlich zu den Gästen und würde dennoch zügig arbeiten. Er wisse das sehr zu schätzen.«

»Aber das ist ja großartig! Also, worauf wartest du noch?«

»Tja, das hört sich zwar alles gut an, aber nun weiß ich trotzdem nicht, was tun, um mit ihm privat in Kontakt zu kommen. Ich weiß nicht einmal, wann wir die nächste gemeinsame Schicht haben. Manchmal ist er auch nur auf einen Sprung in der Bar, und das war's dann.«

»Nun sei doch nicht gleich entmutigt! Es ist doch alles prima gelaufen. Du hast den Anfang gemacht, nun lass es einfach mal laufen. Vielleicht ergibt sich ganz unerwartet etwas, das dich voranbringt.«

»Ja, du hast natürlich recht, aber du weißt doch, dass ich so ungeduldig bin. Ich kann die Dinge nicht einfach dahinplätschern lassen.«

»Na gut! Dann musst du jetzt etwas riskieren. Wie wäre es, wenn du ihn zu einem Theaterbesuch einladen würdest. Natürlich nicht auf die plumpe Art und Weise, sondern mit Diplomatie und Geschick. Erzähle ihm, dass du mit einer Freundin ins Theater gehen willst und du wissen möchtest, welche Vorstellung zurzeit sehenswert ist. Als Experte wird er dir sicherlich gerne Auskunft geben. Du kaufst dann die Karten für das Stück, das er favorisiert hat, und nun kommt die kleine List ins Spiel. Dummerweise ist deine Freundin, mit der du das Stück sehen wolltest, kurzfristig erkrankt, und du wüsstest nun nicht, mit wem du hingehen solltest. Leider habe so spontan niemand Zeit. Wenn er nun nicht von selbst auf die Idee kommen sollte, mitzugehen, musst du ihm halt ein bisschen auf die Sprünge helfen. Dann fragst du ihn einfach, ob er mitkommen möchte.«

»Meinst du wirklich, das funktioniert?«

»Ob es klappt, steht in den Sternen, aber warum sollte es nicht einen Versuch wert sein? Was hast du schon zu verlieren?«

Am anderen Ende der Leitung war ein tiefer Seufzer der Erleichterung zu hören. »Du bist und bleibst eine unverbesserliche Optimistin.«

»Wir sehen uns am Mittwochabend bei mir. Chris kommt auch. Das ist das letzte Treffen vor der Party, und wir müssen noch einiges vorbereiten und besprechen.«

»Aye, aye, Käpt'n! Ich bin dabei! Um halb acht bei dir?«

»Alles klar. Bis dahin halt die Ohren steif und bleib dran! Ich will in Kürze einen ausgearbeiteten Plan vorgelegt bekommen.«

»Ich werde mein Bestes versuchen!«

»Das will ich dir auch geraten haben!«, lachte ich.

Ich legte auf und schaltete den Fernseher an. Jetzt war ich – aufgewühlt durch das Gespräch – über meinen toten Punkt hinweg und musste dafür sorgen, wieder müde zu werden. Ich sah mir einen alten Western an und bedauerte am Ende, dass so wenige Männer heutzutage so viel Biss hatten wie diese knallharten Jungs zu Pferde, die sich von nichts und niemandem einschüchtern ließen, die einfach männlich ihren Mann standen und die Frauen glauben ließen, sie könnten jedes Problem für sie lösen. Wenn ich ehrlich war, so hatte ich noch nie einen solchen Mann gehabt, der etwas für mich riskieren würde. Ja, ich hatte noch nicht einmal einen Liebhaber gehabt, an dessen starker Schulter ich mich hätte anlehnen können. Wahrscheinlich war ich einfach nicht der Typ Frau, der bei einem Mann den Beschützerinstinkt weckte. Ich war schon rein optisch nicht so klein und zierlich, dass ich einem zerbrechlichen Wesen glich. Allerdings hatte mir mein Exfreund – und ich hatte tatsächlich nur diesen einen – immer wieder bestätigt, wie sexy er meine weiblichen Rundungen und breiten Hüften fand. Nur komisch, dass ich ihn irgendwann im Bett mit einer anderen erwischte, die all diese Vorzüge missen ließ. Sie hatte Beine bis zum Hals, eine Wespentaille und den optimalen Body-Mass-Index, der offenbar jeden Mann beim bloßen Gedanken daran heiß werden ließ. Ich hatte mich daraufhin von ihm getrennt. Das lag jetzt fast ein Jahr hinter mir, und seitdem habe ich keinem Mann mehr über den Weg getraut. Na schön, eine kurze Affäre hatte es danach schon gegeben, aber schließlich war ich zu dem Zeitpunkt ein freier Mensch und musste nicht befürchten, damit jemandem wehzutun, ganz im Gegensatz zu anderen Leuten, denen das Seelenwohl ihrer Mitmenschen wohl völlig gleichgültig zu sein schien. Ich will mich nicht gerade einen Engel nennen, denn auch ich habe schon gravierende Fehler gemacht, aber unmoralisch bin ich nie gewesen und hoffe, es auch nie sein zu müssen. Ich dachte wieder an Leon. Wir waren immerhin vier Jahre zusammen gewesen, bis er mich betrogen hatte. Und die Zeit, die wir gemeinsam teilten, war alles andere als schlecht gewesen. In den vergangenen Monaten hatte ich viel Zeit für mich alleine gehabt, und das tat manchmal verdammt weh, aber ich hatte gelernt, dass das Leben es meist nur gut mit einem meinte und ich diese Zeit ganz offensichtlich für meine Entwicklung brauchte. Ich war einfach noch nicht so weit, mich wieder auf eine Beziehung einzulassen. Es schmerzte noch zu sehr und, was noch viel schlimmer war, es gab derzeit niemanden, für den ich auch nur annähernd so viel übrig hatte wie damals für Leon. Ich hatte keine Ahnung, wo sich all die attraktiven Männer versteckt hielten, jedenfalls lief mir nie einer über den Weg, und es war betrüblich, für niemanden schwärmen zu können. Es fühlte sich leer und trostlos an. Zum Glück hatte ich derzeit so viel für die Uni zu tun, dass ich nicht wirklich auf dumme Gedanken kam. Aber manchmal fragte ich mich schon, ob ich jemals wieder jemanden finden würde, der mich glücklich machte. Ein Mann, dem ich vertrauen konnte und der mich mochte, wie ich war. Einen flüchtigen Moment dachte ich an meinen attraktiven Nachbarn. Aber ich wischte den Gedanken so schnell beiseite, wie er gekommen war. Mein verrücktes Hirn schien nie stillzustehen.

Der Film tat endlich, was er tun sollte. Er schickte mich in einen tiefen Schlaf, aus dem ich erst in den frühen Morgenstunden erwachte und mich dann wohlig müde ins Bett schleppte.

Es war Viertel vor zehn, und ich saß in einer Vorlesung über die kriminelle Entwicklung Jugendlicher. Ich hatte einen der wenigen noch freien Plätze eingenommen. Neben mir saß ein südländisch aussehender Student, den ich zuvor noch nie gesehen hatte. Er schrieb eifrig mit; ich selbst ließ mich eher nur berieseln und driftete mit meinen Gedanken ziemlich oft zu meinen Nachbarn ab. Daher fragte ich ihn am Ende, obwohl es mir etwas peinlich war, ob ich mir seine Mitschrift rasch kopieren dürfe.

Das wäre kein Problem, meinte er. Er sprach etwas gebrochen Deutsch und stellte sich als Fernando aus Kolumbien vor. Dies sei sein erstes Semester an einer deutschen Universität; in seiner Heimat habe er bereits drei Semester studiert. Doch er habe unbedingt ein Auslandssemester einlegen wollen, und Deutschland sei von allen Ländern, die infrage kämen, sein absoluter Favorit gewesen. Er sei so glücklich, hier zu sein. Allerdings fehlten ihm noch ein paar soziale Kontakte. Als ich ihm wenig später seine Mitschrift zurückgab, fragte ich ihn ganz spontan, ob er mit mir einen Kaffee trinken würde. Er freute sich übermäßig. Wir saßen über eine Stunde zusammen, und er erzählte mir viel von seiner Heimat. Was er am meisten vermisste, war das gesellige Beisammensein. Familie und Freunde seien dort einander stets herzlich willkommen, und man verbringe viel Zeit miteinander. Hier habe er noch nicht richtig Fuß gefasst, erklärte er. Er wohne im Studentenwohnheim, kenne aber fast niemanden dort. Ich versprach, ihm bald meine Freunde vorzustellen. Er nickte dankbar, und wir tauschten unsere Nummern aus. Nach der Mittagspause hatten wir unterschiedliche Veranstaltungen, und wir gingen für den restlichen Tag getrennte Wege.

Auf dem Heimweg hatte ich ein wenig Herzklopfen. Ich dachte an Fernando. Sein südamerikanisches Aussehen machte ihn interessant und attraktiv, und doch schien er auf den ersten Blick nicht so sehr an der Oberfläche zu schwimmen wie viele meiner Kommilitonen. Es hatte Spaß gemacht, ihm zuzuhören, obwohl unsere Unterhaltung ein Mischmasch aus Englisch und Deutsch gewesen war. Ich fragte mich, wie er den Lehrveranstaltungen überhaupt folgen konnte. Seine Notizen waren durchaus leserlich, nur mit der deutschen Grammatik war er noch nicht so ganz warm geworden. Vielleicht konnte ich ihm sprachlich ein wenig unter die Arme greifen. Ich nahm mir vor, ihn beim nächsten Mal darauf anzusprechen.

Ich schloss die Haustür auf und wollte gerade die Treppe zu meiner Wohnung hinaufsteigen, als ich lautes Gepolter vernahm. Kurz darauf klapperten Absätze die Treppe hinunter, und ein blonder Lockenkopf erschien in meinem Blickfeld. Ich erkannte Frau Lorenz, die mir schluchzend entgegenkam. Sie trug eine Sonnenbrille über ihrer geröteten Wange. Sie stürmte an mir vorbei nach draußen. Ich blieb stehen und rief ihr hinterher: »Frau Lorenz, warten Sie doch bitte! Ist etwas passiert? Geht es Ihnen gut?«

Aber das hörte meine Nachbarin schon nicht mehr. Sie war auf und davon, und ich konnte nur noch den Duft ihres Parfüms wahrnehmen, den sie noch im Treppenhaus zurückgelassen hatte. Oben hörte man heftiges Fluchen und eine Wohnungstür zuknallen. Eine Sonnenbrille an einem verregneten Tag war mehr als seltsam.

In den folgenden Tagen sah und hörte ich nichts mehr

von ihr, ebenso wenig von ihrem Mann. Ich fragte mich, ob Frau Lorenz überhaupt zurückgekommen war. Ich machte mir Vorwürfe, ihr nicht nachgelaufen zu sein. Meine Sorge, Frau Lorenz könnte die Verfasserin des Briefes sein, wuchs täglich. Sie hatte, wenn ich es mir recht überlegte, schon vor besagtem Vorfall ängstlich und verstört gewirkt. Bestimmt litt sie unter Depressionen. Ich hätte es erkennen müssen, nach allem, was ich über psychische Krankheiten wusste. Inzwischen mochte sie wer weiß wo sein. Meine Hoffnung, sie am Samstag auf der Hausparty zu sehen, schwand.

Meine Gedanken drifteten erneut zu der noch immer verzwickten Lage ab. Ich fragte mich, wie ich es anstellen konnte, die Leute im Haus am effektivsten zu bespitzeln. Trotz meines neuesten Verdachts musste ich vor allem Fabio noch einmal genauestens unter die Lupe nehmen. Schließlich hatte ich mit seiner Beschattung schon einmal begonnen, und was man anfing, sollte man auch zu Ende bringen. Ganz besonders, nachdem er sich in dieser Angelegenheit höchst verdächtig gemacht hatte.

Ich erwartete meine Gäste jede Minute. Den ganzen Vormittag hatte ich geputzt und aufgeräumt. Chris und Giulia kümmerten sich um das Salatbüffet und dekorierten den Tisch mit kleinen Blüten und Glasperlen. Sie konnten es mal wieder nicht lassen, wegen jeder Kleinigkeit herumzustreiten, und ich fürchtete schon, die Stimmung könnte darunter leiden. Doch es war nur das übliche harmlose Gezicke zwischen den beiden.

In einem großen Topf köchelte das Gulasch vor sich

hin. Ich hoffte, es würde reichen, aber Frau Hartmann hatte versprochen, noch ein paar Blätterteig-Spinattaschen mitzubringen.

Mir fiel ein, dass Herr Liebig seine Bierbank zur Verfügung stellen wollte. Ich schlüpfte rasch in meine Schuhe und ging nach unten, um bei ihm zu klingeln.

»Ach, guten Tag, Frau Gold. Was kann ich für Sie tun?« Er brachte ein verlegenes Lächeln zustande. »Sie müssen entschuldigen, ich habe noch jede Menge Buchhaltung zu erledigen.« Sein Lächeln wirkte jetzt schon ein wenig gequält. Mir fiel auf, dass ich noch nicht einmal wusste, womit er sein Geld verdiente. Aber ich wollte mit einer direkten Frage auch nicht aufdringlich wirken. Ganz offensichtlich war er selbstständig, wenn er von Buchhaltung sprach.

»Es tut mir leid, dass ich Sie bei Ihrer Arbeit störe, ich dachte nur … wollten Sie heute nicht vorbeikommen? Wir haben doch unsere Hausparty, und außerdem wollten Sie mir Ihre Bierbank leihen«, gab ich immer leiser werdend von mir und hoffte, er würde meine Enttäuschung nicht bemerken.

»Ah ja, die Bierbank, natürlich! Die werde ich Ihnen gleich vom Keller heraufholen. Oder noch besser, wir machen das zu zweit. Das ist einfacher.«

»Ja, das ist nett. Vielen Dank.«

Als wir die Bank in meinem Wohnzimmer untergebracht hatten, wollte Herr Liebig schon wieder aufbrechen. Er habe noch so viel Arbeit, und ich solle ihm nicht böse sein. Giulia gelang es aber doch, ihn wenigstens noch auf ein Bier einzuladen. Er bedankte sich herzlich, war ansonsten aber nicht sehr gesprächig. Wir füllten ihm noch einen Teller mit Gulasch, wobei er sich erbat, ihn in seiner Wohnung essen zu dürfen, denn die Arbeit habe Vorrang. Die Bierbank solle man ihm einfach am anderen Tag vor die Kellertüre stellen. Er bedankte sich nochmals und bedauerte den kurzen Aufenthalt.

»Komischer Kerl«, meinte Chris, als ich die Türe hinter mir schloss. »Hat ja kaum ein Wort gesprochen. Ist der immer so?«

»Ehrlich gesagt, kenne ich ihn von allen Leuten im Haus am wenigsten. Er wohnt ja auch noch nicht so lange hier.«

Giulia runzelte die Stirn. »Und du weißt gar nichts über ihn? Nicht einmal, ob er eine Freundin hat oder was er beruflich macht?«

»Nein, wirklich nicht. Ich habe keine Ahnung, und im Zusammenhang mit unserem unbekannten Schreiberling kann ich ihn nach der heutigen Begegnung auch nicht von der Liste der Verdächtigen streichen. So ein Pech, dass er nicht bleiben wollte. Ich weiß gar nicht, wie ich jetzt an nähere Informationen über ihn herankommen soll.«

»Ja, das war nicht gerade ein Glücksfall. Aber dein detektivischer Instinkt ist doch sicher schon längst geweckt? Du hast doch vermutlich insgeheim schon einen Plan ausgetüftelt.«

Ich schüttelte energisch den Kopf und warf Chris einen genervten Blick zu. »Ja, klar. Das Glück regnet ja bekanntlich vom Himmel, und nebenbei habe ich ja auch zwei wahnsinnig engagierte Helfer an meiner Seite, die meine Pläne stets tatkräftig unterstützen.«

Meinen Freunden entging die Ironie nicht, und Giulia begann sofort sich zu verteidigen. »Also hör mal! Wir sind immerhin hier und helfen dir, deine Party zu schmeißen. Später werden wir alle Hausbewohner gründlich unter die Lupe nehmen. Das garantier ich dir!«

»Ja, ist ja schon gut«, schmunzelte ich. »Ich bin ja froh, dass ich euch habe.«

Es klingelte, und die ersten Gäste standen vor der Tür. Fast die ganze Familie Hartmann war gekommen. Nur Fabio war nicht dabei. Seine Mutter entschuldigte ihn, er habe ein wichtiges Spiel, und anschließend wolle die Mannschaft noch einen gemeinsamen Abend verbringen. Frau Hartmann streckte mir eine riesige Platte mit den versprochenen Spinattaschen entgegen. Sie dufteten köstlich, und ich konnte mich kaum zurückhalten, vorab eine zu naschen.

Ich bot den Nachbarn einen Platz am gedeckten Tisch an und öffnete gerade den Wein, den ich besorgt hatte, da klingelte es erneut an der Tür. Der alte Herr Lohmeier stand draußen.

»Tja, mein lieber Herr Nachbar, Sie sind dann heute vermutlich mein letzter Gast, aber ich freue mich natürlich sehr, dass Sie gekommen sind. Bitte nehmen Sie Platz. Was möchten Sie trinken?«

»Ich nehme, was man mir anbietet«, antwortete der alte Herr vergnügt und setzte sich an den Tisch.

Wenn ich gewusst hätte, dass wir in einer solch kleinen Runde zusammensitzen würden, hätte ich die Bierbank gar nicht benötigt, dachte ich. Aber nun war sie schon mal da, da konnten wir sie auch nutzen. So hatte man wenigstens etwas mehr Platz. Zu meiner Erleichterung schmeckte das Gulasch ausgezeichnet, und auch alles andere war köstlich. Familie Hartmann erwies sich als durch und durch sympathisch. Selbst die Tochter Marianna, die zwei Jahre älter war als Fabio, war sehr freundlich und aufgeschlossen. Sie erzählte, sie studiere Kunst, und schwärmte von den vergangenen Epochen. Sie selber habe eine Vorliebe für den Expressionismus. Das konnte ich mir sehr gut vorstellen, denn sie wirkte äußerst modern, von ihrer Einstellung her genauso wie in modischer Hinsicht. Die knalligen Farben standen ihr gut und ließen ihr fast schwarzes langes Haar einen umwerfenden Kontrast bilden. Sie war bildhübsch, und Chris setzte sich natürlich gleich neben sie, um sie auszuhorchen. Sie unterhielten sich tatsächlich fast den ganzen Abend. Als gegen halb zwölf alle Gäste gegangen waren, gab er stolz von sich: »Na los! Fragt mich, was ich denke!«

»Na schön. Was denkst du?«, gab ich gespielt gelangweilt von mir.

»Eine echt heiße Braut ist das! Aber auch kompliziert und ein Sensibelchen.«

Giulia verzog das Gesicht. »Also ehrlich, muss denn jede Frau, die dir nicht gleich hundertprozentig verfallen ist, sofort kompliziert sein? Das ist mal wieder typisch Mann!«

»Oder typisch Chris!«, grinste ich. »Aber nun erzähl schon! Hast du etwas rausgefunden? Ich meine, außer dass sie heiß aussieht?«

Chris spielte den Beleidigten. »Als ob es mir nur darum ginge!«

Giulia flüsterte mir zu: »Außerdem hat er sein Herz doch mal wieder längst vergeben!« Sie grinste. »Stimmt's, Chris? Ich sage nur: Erstsemester lässt grüßen!«

»Frauen können so gemein sein! Es wundert mich nicht, dass die Männer nur noch auf One-Night-Stands aus sind. Aber jetzt hört mir einfach mal zu! Marianna hat mir zwar viel über ihr Studium erzählt, aber das eigentlich Interessante war, dass sie sich gerade von ihrem Freund getrennt hat. Angeblich hat er sie betrogen. Das scheint sie ganz schön mitgenommen zu haben. Sie hatte Tränen in den Augen, als sie von ihm sprach. Was sagt ihr nun? Bin ich zu gebrauchen oder nicht?«

»Klar! Du bist der Beste, Chris!«, rief ich und klopfte ihm auf die Schulter. »Das sind wirklich wichtige Informationen. An die wäre ich vermutlich nicht so ohne Weiteres herangekommen.«

Giulia rümpfte verächtlich die Nase.

Chris sah mich schelmisch an. »Das kostet dich mindestens ein Küsschen!« Er deutete auf seine Wange. Ich drückte ihm den eingeforderten Schmatz auf, und sein Gesicht begann sogleich zu strahlen.

»Also, auf jeden Fall können wir Marianna nicht von der Liste der möglichen Verfasser streichen. Eine unglückliche Liebe kann leicht zu einer Depression führen. Das wissen wir ja. Und als Psychologen«, dabei warf ich Chris einen vielsagenden Blick zu, »sind wir hierfür ja sozusagen Experten.«

»Korrekt!«, stimmte er mir zu. »Was sagt ihr zu den anderen Anwesenden?«

»Ich glaube, die können wir vergessen. Die Eltern Hartmann haben auf mich völlig normal gewirkt, ja sogar fröhlich und ausgelassen. Ich kann mir nicht vorstellen, dass jemand so gut Theater spielen kann, noch dazu, wo doch keiner weiß, dass du den verdächtigen Brief gefunden hast«, meinte Giulia.

»Gut kombiniert für einen Nicht-Psychologen«, foppte Chris Giulia, die ihm einen giftigen Blick zuwarf.

Auch ich nickte. »Seh ich auch so, Giulia. Bei Herrn Lohmeier bin ich nicht ganz sicher. Der alte Mann wirkt manchmal so zerbrechlich, und ich weiß, dass die Einsamkeit für ihn oft schwer zu ertragen ist.«

»Aber deshalb muss er doch nicht gleich mit Selbstmordgedanken spielen. Überlegt doch mal: ein so alter Mann, der schon so viel erlebt hat im Leben. Noch dazu ist er nicht erst seit gestern alleine. Seine Frau ist doch schon seit Langem von ihm gegangen. Das sagtest du doch, Lucy, oder irre ich mich?«

»Nein, da liegst du richtig.«

»Außerdem«, warf Chris ein, »haben seine Augen heute Abend fröhlich geglitzert. Niemand spielt den Verschmitzten, wenn ihm nicht danach ist.«

»Ja, ja. Stimmt schon. Ich meine doch nur, es gibt auch manisch-depressive Leute. Diesen Menschen sieht man ihre Krankheit oft nicht so einfach an.«

»Ich gehe jede Wette mit dir ein, dass er nicht davon betroffen ist. Ich kann dir nicht genau erklären, warum. Es ist einfach nur so ein Gefühl, eine Intuition.«

»Lasst uns jetzt erst mal aufräumen, bevor wir uns hier noch im Kreis drehen«, schlug Giulia vor und begann die Teller abzutragen.

»Leute, es tut mir ja furchtbar leid, aber ich muss los. Habe noch eine Verabredung.« Chris grinste verlegen und hob die Hand zum Gruß.

Giulia boxte mich in die Seite. »Ich sag nur: Erstsemester!« Sie lachte schallend, woraufhin ich ebenso lachend erwiderte: »Nein, Männer eben!«

6

Ich traf Fernando beim Mittagessen in der Mensa. Wir plauderten angeregt, und er erzählte mir im Detail von der Vorlesung, die ich heute früh verpasst hatte, weil ich es mal wieder nicht rechtzeitig geschafft hatte, aufzustehen und den Tag zielstrebig anzugehen. Als ich alles Wichtige notiert hatte, war die Pause auch schon zu Ende, und wir mussten jeder wieder eine andere Veranstaltung aufsuchen. Ich schlug Fernando daher vor, uns im Anschluss noch auf einen Kaffee zu treffen.

Er schien begeistert von der Idee und umarmte mich, bevor er seiner Wege ging. Ich war beinahe ein bisschen aufgeregt, seine Nähe zu spüren, und mein Herz klopfte mal wieder schneller als im üblichen Alltagstrott.

Auch dieses Mal war die Vorlesung alles andere als langweilig gewesen. Es ging um Beziehungsmuster und die Spirale, die Anfang und Ende missen ließ und aus der man als Paar so schwer wieder herauskam. Ich dachte an meine eigene verkorkste Beziehung zurück und musste zugeben, dass es auch bei uns zu spezifischen Schwierigkeiten gekommen war, bei denen sich nicht mehr nachvollziehen ließ, wer nun eigentlich Schuld hatte an den Problemen, die sich daraufhin auftürmten. Vermutlich hatte Leon mich deshalb betrogen, weil er genauso wenig einen Ausweg aus unserer Krise gesehen hatte wie ich selbst. Trotzdem fand ich, dass vier Jahre für eine erste Bindung gar nicht so schlecht waren. Zumindest für mich war es die erste gewesen. Leon war drei Jahre älter als ich und wirkte damals ungeheuer selbstsicher, was wohl dafür gesorgt hat, dass ich mich Hals über Kopf in ihn verliebt hatte. Ich wohnte damals noch bei meinen Eltern, und wir trafen uns meistens bei ihm. Er steckte im letzten Jahr seiner Ausbildung zum Polizisten, und das hat mich, zugegeben, noch mehr beeindruckt. Noch lange Zeit nach unserer Trennung hing ein Bild von uns im Wohnzimmer über dem Sideboard. Irgendwann begann ich dann mein Leben aufzuräumen und auf den neuesten Stand zu bringen, und das war eindeutig ein Ding der Unmöglichkeit mit einem Ex im Haus, der einen tagtäglich von einem Foto anstrahlte. Das Bild landete zusammen mit einigen anderen Fotos unserer damaligen Zeit in einer Schuhschachtel. Die Abstände, in denen ich sie herausholte, wurden immer größer. Vielleicht mochte man sich ja darüber wundern, dass ich nach allem, was passiert war, keinen Hass für Leon empfand. Wahrscheinlich hätte mir der Seitensprung ebenso passieren können wie ihm, nur dass ich damals zur falschen Zeit am falschen Ort gewesen war. Stattdessen hatte Leon die Gelegenheit ergriffen, mit einer Kollegin anzubandeln. Glücklicherweise kannte ich sie nicht und hatte sie bis zum heutigen Tag noch nie zu Gesicht bekommen. So war das Bild, das ich mir von ihr machte, auch mit der Zeit verblasst und löste sich irgendwann vollständig auf.

Ich holte mir einen Cappuccino und setzte mich an einen Tisch am Fenster. Kurz darauf betrat auch schon Fernando die Cafeteria und gesellte sich zu mir.

»Was ich dich schon letztens fragen wollte: Hättest du

Interesse, deine Deutschkenntnisse noch etwas zu vertiefen? Ich könnte dir helfen, wenn du magst.«

Fernandos Augen begannen zu leuchten. »Wirklich, Lucy? Das würdest du für mich tun?« Er lächelte und wurde trotz seines dunklen Teints ein wenig rot. »Einverstanden, aber nur, wenn ich dir dafür bei Gelegenheit ins Kino oder zum Essen darf einladen.«

»*Dich* heißt es und *einladen darf*«, verbesserte ich ihn, nahm mir aber vor, das zukünftig nicht ständig zu tun, da ich ihn nicht demotivieren wollte.

Wir verabredeten uns für Freitag und beschlossen, nach der Nachhilfe noch ins Kino und anschließend irgendwo etwas trinken zu gehen.

Wieder zu Hause war ich so überdreht, dass ich zunächst nicht einschlafen konnte. Ich musste es jemandem erzählen. Ich griff zum Telefon und wählte Giulias Nummer. Dann fiel mir ein, dass sie ja an diesem Abend in der Bar arbeitete. Ich legte auf und rief Chris an.

»Hi, mein Bester«, begrüßte ich ihn. »Na, was macht dein Erstsemester?«

»Hi, Goldstück! Na, du weißt doch, dass mir kein Mädel widerstehen kann.«

»Hohoho! Da bin ich ja mal gespannt, wie lange euer Techtelmechtel geht – oder besser gesagt, wie lange es dauert, bis sie dich durchschaut hat.«

»Ich werd dich überraschen, du wirst schon sehen«, erwiderte Chris mit inniger Überzeugung.

»Eigentlich wollte ich dir heute etwas über *mein* Liebesleben erzählen.«

»Na, dann schieß mal los!«

Ich berichtete ihm, dass ich Fernando kennengelernt hatte und dass meine Gefühle seitdem ein bisschen durcheinander waren. Chris hörte mir aufmerksam zu, unterbrach mich nicht und stellte dann am Ende fest, dass es mich doch ganz schön erwischt haben müsse.

»Okay, ich fasse zusammen: Ihr kennt euch jetzt seit letzter Woche, du hast dich bereits zweimal mit ihm getroffen, und ihr habt sogar schon ein Date ausgemacht. Alle Achtung, Gold! Du legst ja ein besseres Tempo vor als ich. Mal sehen, wer sich von uns zuerst wieder in eine Beziehung stürzt.«

Ich gluckste und meinte: »Wer zuerst der Glückliche ist, bekommt vom anderen einen Strauß rote Rosen geschenkt.«

»Oje! Müssen es denn Blumen sein? Geht nicht auch ein Kasten Bier?«

»Also schön. Wenn du vor mir unter der Haube bist, spendiere ich dir einen Kasten Bier, wenn ich zuerst die Auserwählte bin, dann bleibt es bei einem Strauß roter Rosen.«

Wir plauderten noch mindestens eine halbe Stunde weiter und kamen von einem Blödsinn zum nächsten. Am Ende hatte der Anruf das Gewünschte bewirkt: Ich fühlte mich angenehm müde und freute mich insgeheim darüber, dass ich einen Verbündeten gefunden hatte, mit dem ich meine aufwallenden Gefühle besprechen konnte.

Es war Mittwochnachmittag, und ich hatte beschlossen, die heutige Vorlesung ausfallen zu lassen – nicht deshalb, weil es mich nicht interessierte, sondern, weil ich über das Thema schon recht gut Bescheid wusste. Ich konnte also ganz getrost meinen Nachmittag zu Hause genießen.

Ich bereitete mir eine heiße Schokolade zu und ließ mich in meinen Sessel fallen.

Kaum zehn Minuten später brummte mein Handy, und ich überlegte mir, ob ich überhaupt drangehen und damit unter Umständen meinen gemütlichen Verwöhnnachmittag gefährden sollte. Nach kurzem Zögern griff ich nach meinem Telefon. Meine Tante war am Apparat. Sie müsse dringend zum Augenarzt, könne Lilly aber wegen der stundenlangen Wartezeiten nicht mitnehmen. Sie bat mich inständig zu kommen, und ich – gutmütig, wie ich war – konnte ihr diese Bitte natürlich nicht abschlagen.

Kaum zwanzig Minuten später saß ich in der Bahn und fuhr Richtung Innenstadt. Meine Tante wohnte nicht direkt im Zentrum, aber am inneren westlichen Stadtrand. Als ich ankam, empfing mich meine kleine Cousine freudestrahlend.

»Heute machen wir was zusammen, Lucy, stimmt's?«

»Ja, meine Süße. Deine Mama muss zum Arzt und kann dich nicht mitnehmen, und außerdem hättest du ohne mich nur halb so viel Spaß, hab ich recht?«

»Stimmt!«, jubelte Lilly. »Und ich weiß auch schon, was wir machen.«

»Tatsächlich? Da bin ich aber mal gespannt!«

»Du hast letztes Mal versprochen, mit mir ein neues Buch auszusuchen, eines vom Pettersson und seinem Kater.«

Ich griff mir an die Stirn. »Ja, natürlich. Ich erinnere mich. Wir hatten die Geschichte von Findus und der Geburtstagstorte gelesen, und du wolltest unbedingt noch einen weiteren Band haben. Das heißt, wir machen heute einen Ausflug zu einer Buchhandlung. Was hältst du davon?«

Lilly fiel mir um den Hals und drückte mir rechts und links ein dickes Küsschen auf.

»Na, dann würde ich vorschlagen, dass du dir am besten gleich deine Schühchen anziehst. Dann können wir nämlich losgehen, denn wie ich dich kenne, willst du die neue Geschichte so schnell wie möglich mit mir lesen.«

Lilly hüpfte aufgedreht wie ein kleiner Floh hin und her, doch dann zog sie sich in Windeseile ihre Schuhe an und war im Nullkommanichts bereit zu gehen. Ich erkundigte mich vorher noch schnell bei meiner Tante nach der nächstgelegenen Buchhandlung. Sie war nicht weit. Wir konnten sogar zu Fuß hingelangen. Zur Sicherheit nahm ich aber noch Lillys Dreirad mit, für den Fall, dass sie keine Lust mehr hatte zu laufen.

Nach etwa fünfzehn Minuten Fußmarsch standen wir vor dem kleinen, hübsch dekorierten Laden. Wir betraten ihn, und Lilly flitzte sofort zur Kinderecke, die sie wohl schon bestens kannte. Es war nicht viel los, und ich sah mich in Ruhe in den einzelnen Abteilungen um. Ich wollte mir selbst auch noch ein bisschen Lesestoff mitnehmen, wenn ich schon mal hier war. Lilly rief mich, und ich musste meine persönliche Suche auf später verlegen.

»Hier, Lucy! Ich hab sie gefunden, die Bücher von Pettersson und Findus. Schau!«

»Ja, richtig. Das sind ja eine ganze Menge Bände. So viele können wir natürlich nicht mitnehmen. Du musst dich schon für einen entscheiden.«

»Oje, oje, Lucy. Ich weiß nicht, welcher der Beste ist. Aber ich hab eine Idee. Du kannst mir von jedem Buch den Anfang vorlesen, und dann entscheide ich mich für eines. Und nächstes Mal holen wir dann wieder ein anderes.«

Ich musste über Lillys Vorschlag herzlich lachen. Sie war für ihr Alter schon eine tüchtige Geschäftsfrau und sicherte sich somit gleich einen weiteren Buchband.

»Na gut. Gerade ist ja kaum jemand im Laden. Da stören wir sicherlich niemanden, wenn ich dir ein bisschen vorlese. Sieh mal dort drüben! Da ist ein gemütlicher Sitzsack. Da kannst du es dir bequem machen.«

Ich setzte mich neben sie und begann zu lesen. Nachdem ich ihr von drei Büchern den Anfang vorgelesen hatte, bat ich Lilly um eine kleine Pause, da ich nun doch selbst ein wenig stöbern wollte. Ich vereinbarte mit ihr, sie solle sich, solange ich mir etwas für mich aussuchte, ein paar Bilderbücher anschauen. Ich vertiefte mich gerade in einen offenbar spannenden Krimi, als jemand an meine Seite trat.

»Guten Tag, kann ich Ihnen helfen?«

Ich blickte auf und sah in das erstaunte Gesicht meines Nachbarn.

»Ach, guten Tag, Herr Liebig! Ich wusste gar nicht, dass Sie hier arbeiten.«

Er lächelte. »Die kleine Buchhandlung hat bereits meinem Vater gehört, und ich führe sie weiter. Nun ja, sagen wir mehr schlecht als recht. Es läuft nicht gerade gut in den letzten Jahren. Zu viele der großen Kaufhäuser und Ketten konkurrieren um die Leser. Ich kann kaum noch mithalten.«

»Oh. Das tut mir leid! Ich wusste ehrlich gesagt nicht einmal, dass Ihr Laden hier überhaupt existiert. Wenn ich das geahnt hätte, hätte ich in den vergangenen Jahren natürlich nur bei Ihnen eingekauft.«

»Das ist sehr nett von Ihnen, Frau Gold.«

»Ach bitte, sagen Sie doch Lucy zu mir. Ich fühle mich sonst immer so schrecklich alt.«

»Na schön. Dann müssen Sie mich allerdings auch Linus nennen.«

Er nannte mich beim Vornamen, war aber doch noch beim Sie geblieben. Ich grinste in mich hinein. Er gehörte also tatsächlich der wohlerzogenen älteren Generation an.

»Linus Liebig – ein schöner Name.«

»Danke, Lucy. Tja, meine Mutter hatte schon immer einen Hang zu Alliterationen: Linus Liebig liebt lustige Literatur.« Er musste lachen. »Nein, das ist glatt gelogen. Ich ziehe ernsthafte Prosa der komödiantischen vor. Sie passt auch besser zu meinem Leben.«

»Oh, das klingt deprimierend. Ich hoffe, Sie haben nicht noch mehr Sorgen auf dem Herzen als den Absatz Ihrer Bücher. Ich jedenfalls kann Ihnen versprechen, dass wir heute mindestens zwei kaufen werden. Sie sehen, wir tun alles dafür, Ihr Geschäft anzukurbeln.«

Er fragte erstaunt: »Wir?«

Ich zeigte nach hinten zu der Kinderecke, in der es sich Lilly noch immer gemütlich gemacht hatte. »Das da drüben ist meine kleine Cousine, auf die ich von Zeit zu Zeit aufpasse. Heute hat sie sich gewünscht, einen Buchladen aufzusuchen, um ihr Findus-Sortiment zu erweitern.«

Linus schmunzelte. »Die Kleine ist wirklich süß. Sie ist öfter mit ihrer Mutter da. Aber ich hätte natürlich nie vermutet, dass die beiden zu Ihnen gehören.«

»Hören Sie, Linus! Wenn ich etwas für Sie tun kann, dann lassen Sie es mich wissen. Es wäre doch jammerschade, wenn ein solch liebevoll gestaltetes Geschäft wie Ihres dem Untergang geweiht wäre. Da muss man doch etwas machen können!«

Er durchdrang mich mit dem Blick seiner fast schwarzen Augen, und ich wusste nicht so recht, wo ich hinsehen sollte. Dann begann er zu sprechen und ich wurde aus meiner Starre erlöst.

»Ich denke, wenn Sie für mich ein wenig die Werbetrommel rühren könnten, dann wäre mir schon ein bisschen geholfen.«

»Ich verspreche, ich werde all meinen Freunden und Bekannten Bescheid geben, dass sie nur noch bei Ihnen einkaufen sollen!«

Linus seufzte. »Das ist wirklich rührend von Ihnen, Lucy! Danke!«

Als wir wenig später mit einem Pettersson-und-Findus-Band und einem der neuesten Ostfriesen-Krimis an der Kasse standen, schenkte Linus Lilly noch ein kleines Pixi-Büchlein. Ihre Augen leuchteten, und sie streckte ihm artig die Hand entgegen.

»Wir kommen bald wieder, Mister Liebig. Goodbye!« Ich musste grinsen. Lilly hatte sich im Laufe ihrer wenigen Lebensjahre einen kleinen Mischmasch aus Englisch und Deutsch angewöhnt, da ihr Vater Engländer war. Die Zweisprachigkeit war ein Riesenvorteil, auch wenn das kleine Mädchen das augenblicklich noch nicht durchschaute. Ich nahm Lilly bei der Hand und verabschiedete mich von Linus, nicht ohne noch einmal zu betonen, dass ich ihn, soweit es mir möglich war, unterstützen würde.

Zu Hause musste ich Lilly zuerst einmal das Büchlein und anschließend ihr neues Findus-Buch vorlesen, das sie sofort zu ihrem neuen Lieblingsbuch erklärte.

Als meine Tante zwei Stunden später wieder zu Hause war, begrüßte Lilly sie fröhlich und schwärmte ihr von unserem gemeinsamen Nachmittag vor.

Es war seltsam. Als ich am Abend zu Hause in meinem Bett lag, dachte ich nicht nur an Fernando. Noch immer sah ich die durchdringenden traurigen Augen von Linus Liebig vor mir. Ich fragte mich, ob er der noch unbekannte Verfasser des Briefs sein könnte. Ich beschloss, der Sache so bald wie möglich auf den Grund zu gehen, und mit bald meinte ich die folgenden Tage, denn man wusste ja nie, wozu ein Mensch mit verlorenem Lebensmut fähig war. Auf jeden Fall musste ich schneller sein als er oder sie. So viel stand fest! Ich musste mich aktiv ins Zeug legen, einen Plan ausarbeiten, wie ich vorgehen würde. Zu dem Zeitpunkt wusste ich noch nicht, dass mir das Glück in dieser Sache in die Hände spielen würde.

7

Ich stand vor dem Kino und sah auf die Uhr. Pünktlichkeit war offensichtlich nicht seine Stärke. Aber das sah man wohl in anderen Ländern nicht ganz so eng wie bei uns in Deutschland. Ich überlegte, ob ich schon mal die Kinokarten kaufen sollte, da sah ich ihn kommen. Er winkte mir zu und wechselte die Straßenseite.

»Hallo, Lucy. Es tut mir leid, ich bin spät, aber ich habe der Bahn verpasst.«

»*Die* Bahn«, verbesserte ich und lachte. »Kein Problem. Ich bin auch noch nicht so lange hier«, schwindelte ich, um ihm nicht das Gefühl zu geben, mich warten gelassen zu haben.

»In welche Film gehen wir? Hast du eine Lieblingsfilm?«

»Die Komödie mit Hugh Grant fände ich klasse. Ich glaube, du würdest den Humor auch ohne allzu viele Worte verstehen.«

»Prima, dann ich kaufe die Karten.« Er stellte sich an die Kasse, und ich organisierte uns noch eine Tüte Popcorn und zwei Cola. Nun waren wir für unseren gemütlichen Filmabend ausgerüstet.

Nach der Vorstellung gingen wir noch zum Mexikaner um die Ecke. Das kam Fernandos Heimat doch schon ein bisschen näher als ein schwäbisches Lokal. Wir bestellten Guacamole und redeten die halbe Nacht lang. Ich erfuhr alles über seine Familie, seine Kindheit, seine

Schulzeit. Es war trotz der Sprachbarriere so einfach, sich mit ihm zu unterhalten, dass auch ich, früher als sonst für mich üblich, eine Menge Details aus meinem Leben preisgab. Ich erzählte ihm sogar von meiner missglückten Beziehung, und das wollte was heißen.

»Und jetzt, du bist für Männer nicht mehr zu haben?« Er zwinkerte mir zu.

»Ach nein, so würde ich das nicht sagen. Es ist halt seitdem nur noch nicht der Richtige vorbeigekommen.« Ich sah ihn etwas verlegen an. »Aber wer weiß.«

»Meine erste Freundin hieß Valerie, und wir waren gerade erst dreizehn geworden, als wir versprachen uns, spätestens zu heiraten mit zwanzig. Wir schenkten uns – wie sagt man – äh … gegenseitig …, eine Kette mit einer halben Herz. Beide zusammen sind eine Herz. Inzwischen ich habe sie aus der Augen verloren, aber die Herz habe ich noch.«

»Und das war deine einzige Beziehung?«, fragte ich etwas ungläubig und zog die Stirn kraus.

»Nein, nein. Gab es noch eine andere. Mit sie bin ich zwei Jahre geblieben. Wir machten an derselben Schule unsere Abschluss. Aber sie wollte andere Weg gehen. Ich hatte sie gefragt, ob sie kommt mit nach Deutschland, aber sie wollte bei ihre Familie bleiben.«

»Oh, das tut mir leid. Das war bestimmt nicht leicht für dich, oder?«

»Nein, das war es nicht. Ich hatte sie sehr geliebt, und so richtige Schluss gemacht haben wir nicht. Ich schreibe ihr oft und erzähle von Deutschland.«

Mein Magen krampfte sich ein wenig zusammen auf-

grund der Tatsache, dass er eigentlich noch liiert war.
»Möchtest du denn gerne, dass sie kommt?«

Er sah mich aufmerksam an, bevor er antwortete: »Das weiß ich nicht – nicht mehr jetzt, seit ich dich kenne.«

Ich fühlte mich peinlich berührt und wusste nicht, was ich sagen sollte. Einerseits entkrampfte sich mein Magen sofort, als ich begriff, dass ich seiner Freundin ganz offensichtlich das Wasser reichen konnte. Andererseits wurde mir ein bisschen mulmig bei dem Gedanken, dass jetzt und hier etwas beginnen könnte, was von Dauer war und ernsthafter als das gelegentliche oberflächliche Anbandeln der vergangenen Monate.

Da mir noch immer nichts Passendes über die Lippen kommen wollte, schlug ich vor, zu zahlen. Es war mittlerweile auch schon fast Mitternacht, und da wir beide noch ein gutes Stück mit der Bahn fahren mussten, war es sinnvoll, nicht auf den letzten Drücker an die Haltestelle zu kommen.

Fernando begleitete mich noch bis zu meiner Bahnstation und trug mir auf, vorsichtig zu sein und gut auf mich aufzupassen. Er selbst fuhr nicht mit derselben U-Bahn, und so verabschiedeten wir uns, als mein Zug einfuhr. Er legte die Arme auf meine Schulter und ich dachte schon, er würde mich küssen, aber vermutlich war es ihm dann doch zu öffentlich. Er sah mir in die Augen und strich mir über die Wange. Als er bereits im Gehen war, warf er mir eine Kusshand zu. Na, immerhin etwas, dachte ich. Alles in allem war der Abend ja wirklich gut gelaufen, und so vorsichtig, wie Fernando es anging, hatte die Sache vielleicht auch gute Chancen auf etwas Solides.

Als ich in der Bahn saß, führte ich mir vor Augen, wie viele Vorteile eine Beziehung mit Fernando hätte. Erstens sah er gut aus, und er hatte – so schien es zumindest – einen feinen Charakter. Außerdem stimmten unsere beruflichen Interessen überein, was vermutlich die größte Gemeinsamkeit zwischen uns war und was für eine Beziehung von Dauer nicht ganz unerheblich sein dürfte.

Ich nahm mir vor, in dieser Nacht von ihm zu träumen, doch es gelang mir nicht. Zu viele Bilder des Tages vermischten sich mit der noch ungelösten Frage in meinem Kopf, wer der Verfasser des Briefes war, den ich gefunden hatte.

Ich war froh, dass Samstag war und ich nicht allzu früh aufstehen musste. Um zehn trank ich meinen morgendlichen Kaffee und aß ein Müsli mit frischen Früchten, um richtig in die Gänge zu kommen. Ich schaltete mein Handy ein und überprüfte, ob Nachrichten eingegangen waren. Außer einer SMS von Giulia, die mich dringend zu sprechen wünschte, gab es nichts. Fast schon ein wenig enttäuscht, weil von Fernando keine Nachricht dabei war, legte ich das Handy wieder zur Seite. Vielleicht war er ja auch einfach noch nicht wach, beruhigte ich meine aufgewühlten Gedanken.

Ich setzte mich an den Schreibtisch, schrieb meine Einkaufsliste und machte mir einen Plan für den Tag. Putzen gehörte nicht gerade zu meinen Lieblingsbeschäftigungen, aber irgendwann musste es eben sein, da half kein Jammern und auch kein Herauszögern. Das schlechte Gewissen würde sowieso nur größer von Tag zu Tag. Als ich im Bad fertig war und der Spiegel sein tägliches Okay gab, verließ ich meine Wohnung, um einkaufen zu gehen. Spontan klingelte ich bei Herrn Lohmeier, um ihn zu fragen, ob ich ihm etwas vom Supermarkt oder Bäcker mitbringen könnte.

»Liebe Frau Gold, Sie sind ein Engel! Warten Sie einen Moment, ich schreibe Ihnen einen Einkaufszettel. Kommen Sie doch so lange herein. Möchten Sie vielleicht einen Tee trinken?«

»Ganz herzlichen Dank, Herr Lohmeier. Ich habe gerade erst gefrühstückt. Ich wollte einfach nur kurz nach Ihnen sehen und Ihnen behilflich sein.«

»Sie sind die netteste Nachbarin im Haus, wissen Sie! Die anderen Leute machen sich nichts aus mir. Der Herr über mir lässt sich so gut wie gar nicht blicken und die Familie nebenan – na, Sie wissen schon. Ach nein«, fuhr er mit zittriger Stimme fort, »ich glaube, jetzt werde ich ungerecht. Frau und Herr Hartmann sind immer recht freundlich. Seit Ihrer Hausparty unterhalten wir uns auch gelegentlich. Aber das merkwürdige Paar gegenüber von Herrn Liebig, das lebt offensichtlich sehr zurückgezogen. Wissen Sie, ich habe ihn ein paarmal im Supermarkt getroffen. Da hatte er ziemlich viel Bier gekauft. Ich glaube ja, um ehrlich zu sein«, hier begann er zu flüstern, »dass es sich bei ihm um einen rechten Saufkopp handelt, wenn Sie verstehen, was ich meine?«

»Ja, die Befürchtung hatte ich, ehrlich gesagt, auch schon. Kennen Sie seine Frau?«

»Ach, ich sehe sie hin und wieder die Treppe herunterlaufen. Sie wirkt wie ein scheues Reh. Einmal hatte sie verweinte Augen. Glauben Sie mir, Frau Gold, das bilde ich mir nicht ein! Ein alter Mann wie ich mag zwar ein bisschen verdattert sein, aber er kann sehr wohl erkennen, ob es jemandem gut geht oder nicht. Und ich sage Ihnen: Dieser Frau geht es alles andere als gut!«

»Sie bestätigen meine Gedankengänge, Herr Lohmeier.«

»Aber was können wir schon tun, Frau Gold? Es ist schließlich nicht unsere Aufgabe. Ein jeder muss sein Päcklein selbst tragen und seine Probleme alleine lösen, sonst wird er sie nie beherrschen.«

Wie wahr, wie wahr, ging es mir durch den Kopf. Mein Nachbar war ein kluger alter Mann, und er besaß, wie viele seiner Altersgenossen, Lebenserfahrung und ein kleines bisschen Weisheit.

»So, hier ist der Zettel. Schauen Sie, es ist nicht viel. Also haben Sie lieben Dank, Frau Gold.«

»Keine Ursache. Ich klingle nachher und bringe Ihnen die Sachen.«

Er sah mich freudestrahlend an. Ja, Chris hatte wohl recht mit seiner Vermutung. Herr Lohmeier konnte von der Liste der Verdächtigen gestrichen werden.

Am Nachmittag hatte ich mich mit Giulia verabredet. Wir trafen uns in einem kleinen Café in der Nähe der Universität. Das Wetter war sonnig, und es wehte nur eine sanfte Brise, sodass wir bequem draußen sitzen konnten. Überall blühten Blumen in leuchtenden Farben, und die Vögel zwitscherten aufgeregt im Geäst der Büsche und Bäume.

»Also wirklich, Giulia, ich verstehe die Welt nicht mehr! Jetzt bist du so nah am Ziel und willst nichts mehr riskieren, um es zu erreichen?«

»Ich weiß, dass du das nicht verstehst, aber ich schaffe es einfach nicht, so viel Mut aufzubringen, ihn zu fragen.«

»Aber die Sache mit den Theaterkarten kann doch fast gar nicht schiefgehen! Ausgenommen, er hätte an besagtem Termin keine Zeit. Das kann natürlich passieren. Aber du wirst es nie herausfinden, wenn du es nicht versuchst!«

»Ich wünschte, ich hätte deine Courage.« Sie seufzte. »Lass uns lieber über was anderes reden. Was ist denn zum Beispiel mit deinem Kolumbianer? Wie heißt er noch?«

»Fernando. Ja, er ist absolut süß, und stell dir vor, wir haben uns quasi schon geküsst! In Gedanken zumindest.«

»Wie kann man sich denn in Gedanken küssen?«

»Er hat mir über die Wange gestreichelt und mir dann eine Kusshand zugeworfen. Das ist doch schon so gut wie real, findest du nicht?« Ich zwinkerte Giulia verschmitzt zu.

»Also seid ihr jetzt zusammen?«

»Ehrlich gesagt, ich weiß es nicht. Aber ich würde sagen, wir haben bereits die ersten Hürden der Kennenlernphase unbeschadet überstanden.«

»Nun gut, dann muss ich mir ja um dich keine Sorgen mehr machen. Du hast Gefühlsduseleien ja stets bestens im Griff. Was ist eigentlich aus der Sache mit dem Brief aus der Mülltonne geworden? Bist du schon weitergekommen?«

»Ja, ein kleines Schrittchen. Den alten Herrn Lohmeier kann ich jetzt wirklich ausschließen. Er besitzt dafür deutlich noch zu viel Lebensfreude – aber das ist ja gut so. Ich glaube, er ist nur manchmal ein bisschen einsam. Ich habe mir vorgenommen, in Zukunft hier und da mal nach ihm zu sehen.«

»Du warst schon immer eine kleine Samariterin. Erinnerst du dich noch an die Achte, als wir auf Klassenfahrt waren? Ständig hast du diese kleine Streberin Luisa beschützt und dich vor sie geworfen wie eine Löwin, wenn die anderen wieder ihre Gemeinheiten im Schilde führten. Das ist wahrscheinlich auch der Grund, warum du nicht zum Rudeltier mutiert bist.«

»Tja, dieses Cliquengehabe ist tatsächlich nicht so mein Ding«, murmelte ich. »Aber ich habe ja Chris und dich. Das reicht doch, um nicht einsam zu sein. Aber um noch mal auf meine Nachbarn zurückzukommen. Es hat sich tatsächlich noch etwas ereignet. Du weißt doch, dass der Typ, eine Etage unter mir, an unserer Hausparty in einer etwas seltsamen Verfassung war.«

»Ja, klar. Er wirkte ziemlich gestresst und war nur auf einen Sprung bei dir oben.«

»Genau. Und stell dir vor, ich habe ihn wieder getroffen, und zwar völlig überraschend. Er besitzt eine kleine Buchhandlung in der Innenstadt. Meine Tante wohnt dort in der Nähe, und ich war mit meiner Cousine zufällig dort, um nach Büchern zu stöbern.«

»Zufälle gibt's!« Giulia schüttelte erstaunt den Kopf.

»Ja, und stell dir vor: Ihm steht das Wasser bis zum Hals! Mit dem Laden läuft es nicht mehr richtig, und er weiß nicht, ob er bald Konkurs anmelden muss.«

Giulia zischte durch die Zähne: »Auweia. Das klingt ernst! Aber es wundert mich, ehrlich gesagt, dass er dir das alles so frei heraus erzählt hat.«

»Warum nicht? Ich wirke schließlich absolut vertrauenswürdig.« Ich grinste breit. »Das hast du doch selber mal gesagt«, fügte ich hinzu. »Wie auch immer, ich habe ihm versprochen, ihm zu helfen und ab sofort nur noch bei ihm zu kaufen, und ich wollte euch bitten, das auch zu unterstützen. Es ist nicht weit, und die U-Bahn hält quasi direkt vorm Eingang. Es wäre also kein großer Aufwand, und es würde ihm wirklich helfen.«

Giulia kaute nachdenklich auf ihrer Unterlippe. »Das sollte eigentlich kein Problem sein. Ich frage mich nur, ob das ausreicht, sein Geschäft vor dem Untergang zu retten, oder ob es nicht zusätzlicher Maßnahmen bedarf.«

»Und was schwebt dir da so vor?«

»Hmm, lass mich überlegen ...«, ihr Gesicht erhellte sich, »er muss dringend mehr Leute in seinen Laden bekommen. Also müsste er einige Veranstaltungen anbieten. Autorenlesungen, Märchenstunde für Kinder, Sektempfang und Präsentationen.«

»Meinst du nicht, dass er all das schon in Erwägung gezogen hat? Oder sogar schon ausprobiert?«

»Möglich, aber vielleicht hat er es nicht richtig durchdacht. Er braucht also unbedingt Unterstützung von

Leuten, die sich mit Akquise auskennen. Das muss alles aufeinander abgestimmt sein. Nicht hier ein bisschen, da ein bisschen, sondern eine komplette Umstrukturierung. Vielleicht könnte er seinem Laden ja auch noch ein ganz neues Gesicht verpassen, indem er zusätzliche Produkte anbietet, kleine Kunstgegenstände oder zauberhaften Krimskrams. Eine Kaffee-Ecke, bei der sich potenzielle Kunden gerne auch ein bisschen länger aufhalten, wäre vermutlich auch vielversprechend.«

»Du bist ein Genie, liebste Giulia! Du hättest Event-Managerin werden sollen! Das ist die Lösung! Ich werde noch ein bisschen darüber brüten und Linus dann ein Konzept präsentieren.«

»Linus, soso! Wir sind also schon beim Vornamen. Da seid ihr euch ja schon recht vertraut.« Sie machte eine kleine Pause und fügte dann an: »Und du bist dir noch sicher mit Fernando?«

Ich kniff meine Freundin heftig in die Seite. »Na, hör mal. Das ist reine Nachbarschaftsliebe – nichts sonst! Und außerdem ist er bedeutend älter als ich.«

»Das muss nichts heißen«, belehrte mich Giulia belustigt. »Es funkt, oder es funkt nicht.«

»Genau! Wenn es gefunkt hätte, hätte ich es doch schon längst gemerkt.«

Giulia warf mir einen amüsierten Blick zu. »War ja nur so ein Gedanke.«

8

Ich war gerade ins Bett gegangen und driftete allmählich ins Reich der Träume, als mich ein plötzlicher Lärm aus dem Schlaf riss. Im ersten Moment konnte ich noch nicht richtig orten, woher er kam und worum es sich handelte. Als dann aber meine Lebensgeister vollständig zurückgekehrt waren, begriff ich, dass jemand heftig an meiner Tür klingelte. Nachdem ich den ersten Schrecken verdaut hatte, sprang ich aus dem Bett, schlüpfte in meine Pantoffeln und hastete zur Tür. Zunächst öffnete ich nur einen winzigen Spalt – ich wusste ja nicht, wer oder was mich dort erwarten würde. Ich brauchte noch eine weitere Sekunde, um zu registrieren, wer tatsächlich zu nachtschlafender Zeit vor meiner Türe stand.

Frau Lorenz sah mich völlig verstört an. Ihre Augen waren verweint, die Schminke verlaufen, und ihr lockiges Haar hing ihr unordentlich auf die Schultern herab.

»Oh, bitte entschuldigen Sie vielmals, Frau Gold, aber ich wusste nicht, an wen ich mich wenden könnte.« Ich sah, dass sie am ganzen Körper zitterte.

»Ach, bitte, kommen Sie doch erst einmal herein. Sie sind ja ganz aufgeregt.«

Frau Lorenz schluchzte. »Vielen Dank. Ich weiß, ich komme zu einer unmöglichen Uhrzeit.«

»Na, sagen wir eher mal, zu einer ungewöhnlichen Uhrzeit.« Ich führte sie ins Wohnzimmer, das ich glücklicherweise am Abend vorher noch ein wenig aufgeräumt hatte. Ich bat sie, Platz zu nehmen. »Nun erzählen Sie mir doch bitte, was passiert ist.«

Frau Lorenz druckste herum. Sie wrang ihre Hände und wagte es nicht, mich anzusehen. Ich dagegen musterte sie ganz genau und bemerkte jetzt auch, dass sich um ihr rechtes Auge herum ein Bluterguss abzeichnete. Dieses Veilchen sah nicht aus wie eine Verletzung, die aus Ungeschicklichkeit passiert war. Ich erinnerte mich nun auch wieder an die Sonnenbrille, die Frau Lorenz in letzter Zeit öfter getragen hatte, und da ahnte ich, worauf dieses Gespräch hinauslaufen würde.

»Wissen Sie, Frau Gold, ich weiß wirklich nicht, an wen ich mich wenden soll, aber mit meinem Patrick ist es nicht so einfach.« Sie schluckte. »Er ist eigentlich kein schlechter Mensch, aber vieles läuft gerade nicht gut, ich glaube, das erwähnte ich schon einmal. Na ja, und Sie wissen ja, wie Männer dann sind. Sie trinken zu viel, und dann können sie schon mal die Kontrolle verlieren.«

Ich fasste es nicht, dass Frau Lorenz ihren Mann auch noch verteidigte und die Sache schönzureden versuchte. Wie konnte sie nur? Hatte sie denn gar keinen Stolz? Er verprügelte sie, und sie suchte die Schuld in unglücklichen Situationen.

»Frau Lorenz, darf ich Ihnen einen guten Rat geben?«

»Ich weiß schon, Frau Gold. Sie wollen mir sagen, ich soll mich trennen, weil er mich schlägt und sich nicht beherrschen kann.« Sie sah mich zum ersten Mal an. »Aber glauben Sie mir, das habe ich schon versucht. Letztes Mal, als es wieder so schlimm war, bin ich für ein paar Tage zu meiner Schwester geflüchtet. Aber natürlich kann ich dort auch nicht auf Dauer bleiben. Sie ist gerade erst Mutter geworden, und ich habe ihr Leben mit meinem plötzlichen Auftauchen ganz schön durcheinandergebracht.« Sie schniefte wieder. »Wissen Sie, ich möchte niemandem zur Last fallen.«

Ich legte ihr beruhigend die Hand auf die Schulter. »Hören Sie, Frau Lorenz! Was Ihr Mann da tut, ist nicht zu entschuldigen. Sie müssen dringend Abstand finden und sich am besten in therapeutische Behandlung begeben. Das ist kein Spaß und auch kein Ausrutscher Ihres Mannes, und das wissen Sie auch! Das mit den blauen Flecken ist doch nicht zum ersten Mal passiert, oder?«

Frau Lorenz begann herzergreifend zu weinen. Ich reichte ihr ein Taschentuch, und sie tupfte sich die Tränen ab, die nicht versiegen wollten. »Ich fühle mich so alleine. Ich weiß nicht, was ich tun soll. Bitte helfen Sie mir, Frau Gold!«

»Sie bleiben jetzt erst mal bei mir. Ich werde Ihnen die Couch herrichten, sodass Sie die Nacht ungestört und in Sicherheit hier verbringen können. Morgen sehen wir dann weiter.«

»Und ich mache Ihnen wirklich keine Umstände?«

»Nein, Sie machen mir keine Umstände, und ich möchte auch nicht, dass Sie deswegen Schuldgefühle haben. Ich bin Ihre Nachbarin, und ich bin gerne für Sie da.« Ich lief ins Schlafzimmer und holte ein Nachthemd sowie eine Decke und ein Kissen, das ich schnell noch frisch bezog. »Wenn Sie Glück haben, habe ich noch irgendwo eine Zahnbürste in meinem Vorratsschränkchen.«

»Sie sind so nett, Frau Gold. Ich weiß gar nicht, was ich sagen soll.«

»Dann sagen Sie doch einfach nichts«, sagte ich mit einem Lächeln.

»Was ist, wenn er heute Nacht hier klingelt?«

»Weiß er denn, wohin Sie gegangen sind?«

»Ich bin mir nicht sicher. Es könnte sein, dass er bei meiner Schwester anruft, und wenn er herausfindet, dass ich dort nicht bin, könnte er auf die Idee kommen, dass ich irgendwo im Haus Unterschlupf gesucht habe. Ich hätte nicht viele Möglichkeiten unterzukommen. Ich kann nicht einmal an unser Auto, weil er die Schlüssel grundsätzlich an sich nimmt. Ich denke, er misstraut mir noch mehr, seit ich das letzte Mal zu meiner Schwester geflüchtet bin.«

»Und was genau ist passiert, bevor Sie heute Nacht hier herunterkamen? Hatten Sie wieder einen Streit gehabt?«

»Ja. Er kam schon betrunken nach Hause. Dann hat ihm das Essen, das ich gekocht hatte, nicht geschmeckt, und darüber hinaus wollte er dann noch …, na, Sie wissen schon. Ich habe mich gewehrt, aber er hat ziemlich fest zugepackt.« Sie entblößte ihren Unterarm. Die Rötungen waren noch deutlich zu erkennen. »Ich schloss mich dann eine Weile im Bad ein, bis ich registrierte, dass er das Haus verließ. Kurze Zeit später hörte ich ihn dann aber wieder die Treppe heraufpoltern. Vermutlich war er nur Zigaretten holen gegangen. Es war für mich schon zu spät, um davonzulaufen. Ich wäre ihm nicht entkommen. Da schloss ich mich erneut im Bad ein. Er polterte heftig an die Tür und rüttelte an dem Griff.

Ich hatte schon Angst, er würde sie eintreten. Er schrie und tobte, ich solle herauskommen. Es muss bereits nach zehn gewesen sein, und ich befürchtete, dass er mit dem Geschrei schon alle Nachbarn im Haus geweckt hatte. Ich wagte mich kaum zu rühren. Wenig später hörte ich den Fernseher. Ich ging davon aus, dass er noch seine üblichen drei bis vier Bier trank und anschließend ins Bett gehen würde. Als es auf null Uhr zuging, öffnete ich leise die Verriegelung und spähte vorsichtig aus einem winzigen Türspalt. Es hatte den Anschein, als ob er schlafen würde. Aber ich war mir nicht sicher, wie tief sein Schlaf war. Daher wartete ich noch eine Zeit lang und beobachtete ihn weiterhin mit Argusaugen. Erst als ich ihn dann tief und regelmäßig schnarchen hörte, schlich ich mich leise aus der Wohnung. Ich nehme mal an, er schläft noch immer und hat meine Abwesenheit noch gar nicht bemerkt. Das kann sich bei ihm allerdings rasch ändern, denn der viele Alkohol lässt ihn jede Nacht mehrmals aufwachen. Manchmal steht er sogar auf und raucht noch eine Zigarette. Ich kann es also nicht wirklich einschätzen, ob er schon etwas bemerkt hat. Wenn ja, wird er sicher sehr wütend sein und nach mir suchen.«

»Ich verspreche Ihnen, Frau Lorenz, hier wird Ihnen erst mal nichts geschehen. Falls es klingeln sollte, werde ich einfach nicht aufmachen. Morgen werden wir dann gemeinsam überlegen, wie wir vorgehen werden. Aber ich fürchte, Sie kommen um polizeiliche Hilfe nicht herum.«

»Wissen Sie, wie es ist, Angst zu haben, Frau Gold?«

Natürlich hatte ich in meinem Leben auch schon Angst gehabt, aber diese Angst hatte sicher nichts gemein mit der, die Frau Lorenz mir eben beschrieben hatte.

Darum antwortete ich vorsichtig: »Vielleicht nicht in dieser Form. Aber ich gebe Ihnen mein Wort, ich werde alles dafür tun, dass Sie auch bald von dieser quälenden Angst befreit sind.« Ich hatte zwar noch keine Ahnung, wie ich das anstellen sollte, aber ich würde alle Hebel in Bewegung setzen, um der armen Frau wieder eine Perspektive zu verschaffen.

»Schlafen Sie jetzt ein bisschen. Morgen sehen wir weiter. Gute Nacht, Frau Lorenz!«

»Gute Nacht, Frau Gold, und nochmals danke!«

Ich zog die Wohnzimmertüre bis auf einen winzigen Spalt zu und ging ins Schlafzimmer zurück, um es noch einmal mit dem Schlaf des Gerechten zu versuchen. Nach dieser Aufregung würde es sich allerdings etwas schwierig gestalten, überhaupt zur Ruhe zu kommen. Erst gefühlte zwei Stunden später war ich dann meiner Müdigkeit verfallen.

Frau Lorenz war schon wach, als ich ins Wohnzimmer kam. Sie hatte das Bettzeug fein säuberlich zusammengelegt und saß bereits angekleidet auf dem Sofa.

»Möchten Sie Kaffee oder Tee?«, fragte ich und holte zwei Tassen aus dem Küchenschrank.

»Gerne Kaffee – wenn es nicht zu viele Umstände macht.«

Sie musste sich diese ständigen Schuldgefühle und die damit verbundenen Entschuldigungen für alles und jedes schon über viele Jahre antrainiert haben. Ich zwinkerte ihr zu: »Die Worte *Umstände* und *Entschuldigen Sie* sind in dieser Wohnung leider tabu. Also, Kaffee. Gut, dann seien Sie so nett und reichen mir die Milch aus dem Kühlschrank. Sie trinken doch mit Milch, oder?«

»Ja, sehr gerne.« Sie lächelte zaghaft.

Als wir vor unseren Kaffeepötten saßen, unterhielten wir uns darüber, wie es nun weitergehen sollte. Die Nacht war friedlich verlaufen. Das hieß entweder, ihr Mann schlief noch immer, oder es war ihm egal, wo sich seine Frau derzeit aufhielt. Vermutlich nahm er an, sie würde am Abend wie immer bei ihm auftauchen.

»Wir müssen herauskriegen, ob er zu Hause oder bei der Arbeit ist. Dann könnten Sie nämlich in Ruhe ein paar Sachen aus der Wohnung zusammenpacken, die Ihnen wichtig sind oder die Sie dringend benötigen.« Ich legte den Kopf schief und dachte nach. »Hmm, aber wie könnten wir es anstellen, ohne Sie dabei unnötig in Gefahr zu bringen? Es wäre sicher nicht ratsam, wenn ich bei ihm klingeln würde. Aber lassen Sie mich überlegen.«

Frau Lorenz sah mich erwartungsvoll an.

»Ich glaube, ich habe eine Idee. Hätten Sie etwas dagegen, wenn ich jemanden einweihen würde? Jemanden, den ich für vertrauenswürdig halte?«

»Wenn Sie meinen, dass es hilfreich wäre, dann tun Sie das bitte.«

»Gut. Ich muss natürlich erst einmal schauen, ob derjenige jetzt überhaupt erreichbar ist.« Ich sah auf die Armbanduhr und meinte: »Es ist erst kurz nach sieben.

Vermutlich haben wir Glück. Bleiben Sie bitte in der Wohnung und überlassen Sie alles Weitere mir.«

Frau Lorenz nickte und nahm einen Schluck Kaffee. »Ich vertraue Ihnen, Frau Gold. Tun Sie, was Sie für richtig halten!«

Ich schlüpfte in meine Jeans und zog mir einen eng anliegenden Pulli mit V-Ausschnitt über. Um nicht ganz so verschlafen auszusehen, kämmte ich mir zumindest mein Haar und tuschte mir rasch die Wimpern. Dann lief ich die Treppe hinab und klingelte bei Linus Liebig. Als er mir öffnete, blickten mich erstaunte Augen an.

»Guten Morgen, Lucy. So früh schon auf den Beinen?« Er versuchte in meinem Gesicht zu lesen. »Kann ich etwas für Sie tun?«

»Ja, das könnten Sie tatsächlich. Dürfte ich vielleicht kurz hereinkommen?«

»Selbstverständlich«, brachte er noch immer neugierig hervor.

Wir blieben in seinem Flur stehen, und ich begann hektisch zu erzählen, was sich gestern ereignet hatte. Immer wieder unterbrach mich Linus, um noch die eine oder andere Frage zu stellen.

»Frau Lorenz ist jetzt also noch immer bei Ihnen in der Wohnung und wird, so wie es aussieht, noch für länger dort bleiben.«

»Ja, sie weiß nicht wohin, und für mich ist es kein Problem. Aber ich bräuchte trotzdem Ihre Hilfe.«

Er zog erstaunt die Augenbrauen hoch.

»Wir müssten uns vergewissern, ob Herr Lorenz schon

außer Haus ist, damit wir ungestört hineingehen können, um ein paar Sachen zu holen«, fügte ich hinzu. »Ich möchte selbst nicht klingeln, damit er keinen Verdacht schöpft, falls er doch da sein sollte.« Ich hielt einen Moment inne. »Aber Sie als direkter Nachbar könnten doch bestimmt mal mit einer simplen Ausrede anklopfen und herausbekommen, ob er da ist.«

Linus lächelte. »Wenn's weiter nichts ist.«

»Das wäre wirklich großartig!«

»Ich werde ihn einfach fragen, ob er mir mit etwas Milch aushelfen kann, denn Kaffee schwarz ist einfach ein Graus.« Er zwinkerte mir zu. »Und wenn ich sonst noch etwas für Sie beide tun kann, dann lassen Sie es mich bitte wissen.«

»Sehr gerne«, gab ich zur Antwort. »Wir sind Ihnen wirklich dankbar!«

»Gern geschehen, ich melde mich gleich bei Ihnen, sowie ich etwas weiß.«

Kurze Zeit später gab Linus Bescheid, dass die Luft rein war. Frau Lorenz und ich ergriffen ohne Zögern die Gelegenheit und packten eilig einen Koffer und eine Reisetasche mit ihren wichtigsten Sachen zusammen. Dann brachte ich meine Nachbarin wieder zurück in meine eigenen vier Wände und trug ihr auf, sich wie zu Hause zu fühlen, während ich an die Uni ging, um wenigstens noch zwei Veranstaltungen mitzunehmen. Ich traf Fernando vor dem Seminarraum und erzählte ihm von den neuesten Begebenheiten. Er schüttelte den Kopf und zeigte sich bestürzt. Wann immer er helfen könne, er sei zur Stelle, bekundete er. Ich lud ihn für abends zum

Essen ein, obwohl ich mir nicht ganz sicher war, ob Frau Lorenz diese Idee gefallen würde.

Am Nachmittag erledigte ich meine Einkäufe und sorgte dafür, dass meine Nachbarin sich bei der zuständigen Polizeidienststelle meldete. Ich hatte ihr versprochen, mitzukommen und sie nötigenfalls zu unterstützen. Die Polizeibeamten waren freundlich und sachlich, doch sie machten Frau Lorenz nicht allzu viele Hoffnungen, ihrem Mann beizukommen. Solange nichts Schwerwiegendes vorlag, beispielsweise eine krankenhausreife Körperverletzung oder gar ein Mordversuch, seien ihnen leider die Hände gebunden. Sie rieten ihr, sich an ein Frauenhaus zu wenden und sich psychologische Unterstützung zu holen. Ich versprach Frau Lorenz, mich in den nächsten Tagen darum zu kümmern, und versicherte, ihr auch weiterhin zur Seite zu stehen.

Auf die Erklärung, dass abends noch ein Freund zu Besuch komme, reagierte Frau Lorenz wie erwartet etwas nervös. Sie wolle niemandem zur Last fallen, und ich wolle doch bestimmt ein wenig Zweisamkeit mit meinem Freund verbringen. Es kostete meine gesamte Überredungskunst, ihr klarzumachen, dass sie immer noch herzlich willkommen war und sich wirklich keine Sorgen zu machen brauchte.

Wir schälten das Gemüse, hackten es klein und zerließen ein wenig Butterschmalz in der Pfanne. Als Vegetarierin hatte ich über die Jahre schon genügend Erfahrung mit dem Zubereiten fleischloser Kost gesammelt. Trotzdem kochte ich für meine Gäste gelegentlich Gerichte mit Fleisch. Heute allerdings stand Risotto auf dem

Plan. Frau Lorenz sah mir neugierig über die Schulter, während der Gemüsereis vor sich hin köchelte. Wir öffneten eine Flasche Wein, denn das war ja das Geheimnis eines guten Risottos – ein Schuss Weißwein verlieh ihm das gewisse Etwas. Da die Flasche nun schon geöffnet war, schenkte ich jedem von uns ein Glas ein, und wir stießen auf bessere Zeiten an.

Kurz bevor Fernando kam, hatten wir schon fast die ganze Flasche geleert. Beschwingt öffnete ich ihm die Tür, und er streckte mir eine neue Flasche Wein entgegen. Ich entkorkte sie und holte auch ihm ein Glas aus dem Schrank. Als das Essen aufgetragen war, ließen wir die Gläser noch einmal klingen, und ich freute mich, dass es Frau Lorenz mittlerweile doch gelang, ein wenig aus sich herauszugehen.

Wir verlebten einen unterhaltsamen, ausgelassenen Abend. Frau Lorenz hatte uns sogar hin und wieder ein Lächeln geschenkt. Kurz bevor Fernando aufbrach, klopfte es zaghaft an der Tür. Ich stand auf und öffnete die Tür einen kleinen Spalt. Linus stand draußen. Ich bat ihn rasch herein, als ich unter uns Schritte im Treppenhaus vernahm.

»Guten Abend, Lucy. Entschuldigen Sie die Störung. Ich sehe, Sie haben Besuch. Ich wollte mich nur nach Frau Lorenz erkundigen.«

»Wollen Sie sich nicht ein bisschen zu uns gesellen? Es gibt noch Wein.«

Mit einem Blick auf Fernando erklärte Linus, er wolle wirklich nicht so hereinplatzen und hätte auch noch eine Menge zu tun. Ich erzählte ihm also zwischen Tür und

Angel, was wir heute auf der Polizeistation erlebt hatten. Er zeigte sich schockiert, dass man so wenig ausrichten konnte.

Linus sah ein wenig bedrückt aus. Ich wusste nicht, ob er sich so sehr um Frau Lorenz sorgte oder ob ihm noch etwas anderes auf dem Herzen lag. Bevor er ging, wünschte Linus uns noch einen schönen Abend, und ich rief ihm eilig hinterher, dass ich ihn bei Gelegenheit noch dringend wegen einer anderen Sache sprechen müsse. Er nickte und stieg eilig die Stufen zu seiner Wohnung hinab.

Als sich Fernando zum Gehen anschickte, waren wir alle schon weit mehr als angeheitert. Trotzdem wurde Frau Lorenz ganz still, als ich mich von Fernando verabschiedete. Ich begleitete ihn an die Tür. Er zog mich an sich, und es war gut, dass er mich festhielt, denn ich war drauf und dran, den Boden unter den Füßen zu verlieren. Er hielt mich ganz eng bei sich, und ich wartete darauf, dass sein Mund meine Lippen berührte. Doch aus irgendeinem unerfindlichen Grund geschah nichts dergleichen.

Vielleicht spürte Fernando noch die Anwesenheit meiner Nachbarin, obwohl sie sich mittlerweile diskret in die Küche zurückgezogen hatte.

»Gute Nacht, Lucy. Es war schöne Abend, und deine Nachbarin ist auch sehr nett. Ich wünsche mich, dich bald wiedersehen.«

»Wünsche *mir*«, stellte ich richtig. »Wir sehen uns morgen, an der Uni.« Ich küsste ihn auf die Wange, und er strich mir zärtlich über die Haare.

Als er gegangen war, saßen Frau Lorenz und ich noch eine Weile auf dem Sofa und unterhielten uns. Auf einmal hatte ich das Bedürfnis, meiner Nachbarin eine Frage zu stellen, die mir schon seit dem Vortag im Kopf herumging.

»Bitte entschuldigen Sie, Frau Lorenz, wenn ich Ihnen jetzt zu nahe treten sollte. Aber … also, ich wollte wissen, ob Sie … ob Sie schon einmal den Gedanken hatten, Ihrem Leben ein Ende zu machen?« Ich schluckte, weil ich mir der eindringlichen Frage bewusst war.

»Sie wollen wissen, ob ich mit Selbstmordgedanken spiele?« Ihre Stimme war dünn und zittrig. Nach einer Pause fuhr sie fort: »Was glauben Sie, Frau Gold, wie es sich anfühlt, Tag für Tag an der Seite eines Menschen zu leben, den Sie zwar lieben, der sich aber in keiner Form beherrschen kann. Ein Mann, an dessen Seite Sie weder Schutz noch Liebe erfahren – im Gegenteil, ich muss mich ständig vor *ihm* schützen.« Es entstand wieder eine Pause. »Ja, ich habe darüber tatsächlich schon nachgedacht.« Sie stellte das Glas beiseite und zog die Beine an sich.

»Es tut mir leid.« Ich sah sie an und bemerkte Tränen in ihren Augen. »Darf ich Sie noch etwas fragen?«

»Sicher.« Sie wischte sich mit dem Ärmel über die Augen.

Ich lief zum Schreibtisch und holte das Kuvert, das nun schon seit über zwei Wochen dort lag.

»Haben Sie unlängst einen Abschiedsbrief geschrieben und ihn dann in den Mülleimer geworfen?« Ich fixierte sie genau.

»Einen Brief geschrieben? Nein, ich habe zwar schon einmal darüber nachgedacht, was ich meinem Mann schreiben würde, wenn ich die Chance hätte, ihn zu verlassen. Aber selbst das ist bisher nur ein Wunschtraum geblieben, und um Ihre Frage zu beantworten: Ein solcher Brief existiert nicht, und es wird ihn vermutlich auch nie geben. Denn wenn ich es endlich schaffen sollte, aus dieser Höhle des Löwen herauszukommen, dann werde ich keine Worte mehr an ihn verschwenden – das können Sie mir glauben, liebe Frau Gold.«

Ich sah sie mitfühlend an. Es gab keinen Grund für mich, den Worten meiner Nachbarin keinen Glauben zu schenken.

In meinem Kopf drehte sich das Karussell immer schneller. Ich hatte deutlich zu viel getrunken. Da half nur eines: die Nacht so schnell wie möglich hinter mich bringen.

Kaum zehn Minuten später lag ich im Bett und schlief über dem Gedanken, dass der unbekannte Verfasser noch immer nicht identifiziert war, ein. Wer auch immer es war, es waren inzwischen zwei Verdächtige weniger: Herr Lohmeier und Frau Lorenz kamen nicht mehr infrage.

9

Bis jetzt hatte Herr Lorenz offenbar noch keinen Verdacht geschöpft. Er hatte sich im Haus seit Tagen nicht blicken lassen. Vielleicht war er ja auch dauerbetrunken, oder seine Frau war ihm so egal, dass er nicht weiterforschte. Frau Lorenz hatte mit ihrer Schwester telefoniert und ihr versichert, dass sie sich keine Sorgen um sie machen müsse. Sie erfuhr im Gegenzug, dass ihr Mann bis jetzt noch nicht bei ihrer Schwester angerufen hatte, um sie als vermisst zu melden. Sie deutete es als ein gutes Zeichen. Vielleicht bereue er sein Verhalten inzwischen, meinte Frau Lorenz ein bisschen erleichtert, und sähe seinen Fehler endlich ein. Ich war sehr skeptisch und hoffte, sie würde nicht in Kürze wieder einknicken. Zu viele Frauen kehrten trotz allem zurück zu ihren Peinigern, egal wie schlimm es vorher auch gewesen war.

Am Donnerstagnachmittag machten wir uns auf den Weg zum Frauenhaus, wo man uns herzlich empfing, mir aber unmissverständlich klarmachte, dass Frau Lorenz von nun an alleine für sich verantwortlich sei. Im Haus würde sie, falls sie dies wünsche, von professionell ausgebildeten Sozialarbeitern und Psychologen betreut und begleitet. Dennoch begrüßte man meine nachbarschaftliche Unterstützung und versicherte mir, dass ich alles in meinem Rahmen Mögliche getan hätte, um Frau Lorenz einen Neuanfang zu ermöglichen. Ob nur eine intensive Beratung oder eine Aufnahme ins Frauenhaus erfolgen sollte, würde man im Gespräch mit ihr klären.

Man gab mir mit auf den Weg, vertrauensvoll und vorsichtig mit diesen Informationen umzugehen, da Anonymität für die betroffenen Frauen wichtig sei.

Ich versprach, mich daran zu halten. Es beruhigte mich, dass sich nun erfahrene Leute um Frau Lorenz kümmerten. Obwohl ich ihr jederzeit wieder zur Seite stehen würde, war ich doch froh, mich wieder ein bisschen mehr um mich selbst kümmern zu können, als es in den vergangenen Tagen der Fall war.

Am Abend folgte ich einer spontanen Eingebung und klingelte bei Linus, um ihm von meinen Plänen zur Rettung der Buchhandlung zu berichten.

Dieses Mal schien er ausnahmsweise mal nicht im Stress zu sein. Er bat mich herein und bot mir einen Stuhl an. Zum ersten Mal besah ich mir seine Wohnung genauer. Er hatte Geschmack, das musste man ihm lassen. Seine Wohnung war modern und ein wenig spartanisch eingerichtet. Nur das große Bücherregal an der Wohnzimmerwand verriet sein immenses Interesse an Literatur.

»Ein Glas Wein oder lieber einen Kaffee?«

»Gerne einen Wein, aber nur wenn Sie ein Gläschen mittrinken!«

»Aber natürlich. Ein Glas Wein am Abend ist in den letzten Monaten schon fast so etwas wie eine liebe Gewohnheit geworden. Aber denken Sie jetzt bitte nicht, ich ertränke meine Sorgen im Alkohol.« Er zwinkerte mir zu.

»Aber nein, dazu wirken Sie auf mich viel zu bodenständig.«

»Der äußere Eindruck kann täuschen, Lucy, machen wir uns nichts vor!«

»Ja, sicher. Ich weiß, dass die Fassade oft nicht zeigt, wie es wirklich im Innern aussieht. Aber muss ich mir jetzt Sorgen um Sie machen? Ich meine, Grund genug hätten Sie ja in Ihrer geschäftlich schwierigen Situation.«

»Ich hoffe, Sie sind nicht gekommen, um über mich und meine Sorgen zu sprechen. Erzählen Sie mir lieber, was es Neues von unserer Nachbarin gibt. Wohnt sie noch bei Ihnen?«

Ich zuckte die Achseln. »Das weiß ich momentan selbst nicht so genau. Meine Türe steht immer für sie offen, aber ich glaube, es ist notwendig, dass Frau Lorenz ihr Leben nun selbst in die Hand nimmt.« Ich überlegte einen Augenblick, ob ich Linus von ihrem derzeitigen Aufenthaltsort erzählen sollte. Ich zögerte nicht lange, denn er gehörte zu den Menschen, denen ich vertrauensselig mein ganzes Leben offenbaren würde und das, obwohl ich ihn wirklich noch nicht lange kannte.

»Frau Lorenz hat sich an ein Frauenhaus gewandt mit der Bitte um Diskretion. Vermutlich wird sie erst einmal eine Weile dortbleiben. Ich bleibe aber in Kontakt mit ihr. Sie hat ja außer ihrer Schwester niemanden.« Ich überlegte, wie ich nun von diesem Thema auf mein eigentliches Anliegen kommen könnte.

»Linus, ich weiß nicht genau, wie ich anfangen soll, aber ich bin eigentlich aus einem ganz bestimmten Grund gekommen.« Ich räusperte mich und unternahm einen neuen Anlauf. »Es ist so, dass ich mir in den letzten Tagen viele Gedanken um Ihre Buchhandlung gemacht habe. Ich bin zu dem Schluss gekommen, dass Ihr Laden eine solide Überlebenschance hätte, wenn man nur mit der richtigen Strategie herangehen würde. Was fehlt, ist doch im Augenblick eine spritzige Idee, die den Buchladen für Ihre Kundschaft wieder attraktiver machen würde.« Ich sah ihn aufmunternd an.

»Und eine solche Idee haben Sie in Ihrem hübschen Kopf sicherlich schon ausgearbeitet und werden sie mir nun sogleich präsentieren, habe ich recht?«

Ich nickte und begann: »Man müsste Angebote schaffen, mit denen andere Buchhandlungen in der Umgebung nicht werben, und dann müssen diese Angebote professionell unters Volk gestreut werden.«

»Was Sie vermutlich auch schon alles ausgearbeitet haben.« Ein Lächeln umspielte seinen Mund, und er sah mich aufmerksam an. »Ich bin sehr gespannt. Erzählen Sie mir von Ihren Ideen.«

Ich nahm einen Schluck Wein und fuhr fort: »Die eine oder andere Idee ist mir tatsächlich schon gekommen. Und sie wären auch recht einfach in die Tat umzusetzen.« Ich zog ein Blatt Papier hervor, auf dem ich mir vorab einige Stichpunkte notiert hatte.

»Beispielsweise könnte die Buchhandlung ›Alt gegen Neu‹ anbieten. Das hieße, Sie würden einen Teil des Ladengeschäftes in eine Art Buchflohmarkt umwandeln. Leute könnten dort ihre alten Bücher billig verkaufen oder eintauschen.«

Linus sah mich nachdenklich an. »Aber was würde das dem Geschäft nutzen? An gebrauchter Ware verdient man nicht wirklich viel. Es würde die Buchhandlung noch lange nicht vor dem Konkurs schützen.« Sein Lächeln war ein mitleidiges geworden und gab mir zu verstehen, dass ich vom wahren Geschäftsleben nicht wirklich Ahnung hatte.

»Das weiß ich«, erwiderte ich. »Es geht ja nicht um den Verkauf der alten Bücher. Vielmehr geht es darum, dass man damit möglichst viele Kunden anzieht, die dann eben nicht nur Gebrauchtes, sondern nebenbei auch noch neue Bücher kaufen oder bestellen. Sozusagen, weil sie sowieso schon da sind. Viele Leser greifen doch immer noch zu einem neuen Buch – gar nicht unbedingt, weil sie etwas Bestimmtes suchen, sondern weil sie gerne stöbern. Wenn man die neuen Schmöker dann entsprechend attraktiv platziert, sollte es kein Problem sein, den einen oder anderen gleich mitzuverkaufen.«

Linus hob eine Augenbraue. »Verstehe. Gebrauchte Bücher als zusätzliche Verkaufsstrategie. Gar nicht dumm! Trotzdem, das alleine wird mein Geschäft nicht retten.« Er seufzte.

»Ich sage ja gar nicht, dass diese eine Idee alleine alles in Ordnung bringen wird. Aber es wäre ein Anfang. Man müsste natürlich noch andere interessante Angebote schaffen.« Ich sah ihn an.

»Sie könnten eine regelmäßige Vorlesestunde für Kinder einrichten.« Ich holte tief Luft. »Ich wüsste da auch schon, wer Sie dabei unterstützen könnte.«

Linus fixierte mich mit einem interessierten, wenn auch leicht skeptischen Blick. »Ach ja? Sie etwa?«

Ich lachte. »Nein, keine Sorge! Wobei ich natürlich auch jederzeit gerne mal aushelfen würde, wenn es nötig wäre. Aber momentan muss ich mich doch noch mit voller Konzentration meinem Studium hingeben.« Es sollte leidenschaftlich klingen, kam aber vermutlich eher wie ein *Muss-eben-sein* an. »Nein, aber ich kenne da jemanden, der dafür bestimmt geeignet wäre und vor allem genügend Zeit und persönliches Interesse aufbringen würde.«

Das erste Glas Wein hatte ich bereits zur Hälfte getrunken. Linus schenkte nach. Ich musste aufpassen, dass ich nicht zu unkontrolliert an die Sache heranging. Außerdem bekam ich ein schlechtes Gewissen, da ich am Abend zuvor schon dem Wein erlegen war. Es war ziemlich leicht, zum Alkoholiker abzurutschen. Ich nahm mir vor, mich in Zukunft zu zügeln. Daher nippte ich nur noch einmal und stellte das Glas dann wieder zur Seite.

»Außerdem müsste man Ihren Laden mal dringend umgestalten!«, sagte ich mit Nachdruck. Oje, ich hatte das nicht mit dieser Vehemenz ausdrücken wollen, aber die Worte waren ohne langes Nachdenken über meine Lippen gekommen. Etwas weniger forsch schob ich nach: »Auch hierfür hätte ich ein paar kleine Ideen.«

Sein Blick durchbohrte mich förmlich, etwas Eigenartiges lag darin, und ich spürte, wie ich rot wurde. Meine Selbstdisziplin verließ mich, und ich schielte zu meinem Weinglas hinüber. Nervös rieb ich meine Hände an meiner Jeans auf und ab. All meine guten Vorsätze schwanden dahin. Ich musste dringend noch einen Schluck Wein zu mir nehmen. Hastig fuhr ich fort, um nicht vollends aus dem Konzept zu kommen. »Nehmen Sie Geschenkware in Ihr Sortiment auf: schöne Kerzen,

Schmucksteine, kleine Döschen und Schatullen, eventuell saisonale Verkaufsartikel. Weihnachten und Ostern sind diesbezüglich doch sehr ergiebige Feste.«

Ich strich mir durchs Haar und stellte das Glas wieder ab. »Und zu guter Letzt müsste man die Ladenöffnungszeiten an das Freizeitverhalten der Kundschaft anpassen. Das könnte man beispielsweise mit einer Umfrage in Erfahrung bringen. Mit all diesen neuen Angeboten müsste dann entsprechend geworben werden, Flyer gedruckt und verteilt und Anzeigen geschaltet werden, sowohl in den Stadtteilzeitungen als auch im Netz.«

Während ich sprach, wurde ich immer aufgeregter und hektischer, wobei ich mir nicht erklären konnte, warum eigentlich. Ich trank mein inzwischen wieder halbgefülltes Weinglas auf einen Zug leer und hüstelte verlegen. Puh! Zum Teufel mit allen guten Vorsätzen! Jetzt war es wenigstens heraus, und was Linus dann mit diesen Informationen machen würde, war seine Angelegenheit.

Ich betrachtete seine Gesichtszüge. Er wirkte leicht angespannt, aber nicht verkrampft, eher überrascht. Seine tiefdunklen Augen brachten sein markantes Gesicht voll zur Geltung. Ich merkte, dass ich seinem Blick nicht standhalten konnte. »Tja, das war's auch schon meinerseits.« Ich grinste verlegen, und nachdem Linus noch immer nichts zu meinen Vorschlägen gesagt hatte, ergänzte ich etwas leiser: »War ja auch nur so eine Idee.«

Zum ersten Mal bemerkte ich ein entspanntes Lächeln auf seinen Lippen. Dann begann er sich endlich zu äußern: »Liebste Nachbarin«, er erhob sein Glas und wollte mit mir anstoßen, »ich bin ehrlich erstaunt und berührt von Ihren Vorschlägen. Ich hatte mit allem Möglichen gerechnet, aber sicherlich nicht mit solch ausgetüftelten Plänen. Ich muss schon sagen, das ist das Großartigste, was mir in letzter Zeit passiert ist.« Er trank ebenfalls sein Glas leer und schenkte uns beiden noch einmal nach. Ich lehnte dankend ab. »Ich glaube, ich habe fürs Erste genug getrunken.«

Linus Liebig nickte verständnisvoll und sah mich mit dankbaren Augen an. »Ich weiß im Moment nicht wirklich, was ich dazu sagen soll, aber ich verspreche Ihnen, ich werde auf jeden Fall darüber nachdenken.«

Ich sah ein wenig verlegen von meinen Notizen zu Linus hinüber und wieder zurück, und da ich im Begriff war – möglicherweise nicht nur durch den Alkoholgenuss bedingt –, schon wieder den Boden unter den Füßen zu verlieren, erklärte ich Linus, ich müsse mich nun leider verabschieden, da ich noch ein dringendes Telefonat zu führen hätte. Mir waren kaum die Worte über die Lippen gekommen, als mir bewusst wurde, wie unsinnig sie klingen mussten. Es war mittlerweile schon nach zweiundzwanzig Uhr, und die Vorstellung, um diese Zeit noch einen Anruf erledigen zu müssen, klang mit Sicherheit wie eine billige Ausrede.

Linus lächelte noch immer, als er mich an der Tür verabschiedete. Mir fiel ein Stein vom Herzen. Warum hatte ich denn auf einmal schweißnasse Hände, und meine Knie fühlten sich zittrig an? Ich hatte eindeutig zu viel Wein getrunken. Ich musste in Zukunft besser auf mich achtgeben. Aber das Wichtigste war, dass ich Linus meine Ideen unterbreitet hatte, und seine Reaktion war zumindest nicht ablehnend gewesen. Nun hieß es dranbleiben!

Am Freitagmorgen stand mir nicht der Sinn danach, an die Uni zu gehen. Mein Kopf brummte noch ein wenig vom Weingenuss des Vorabends, doch mein Hirn spann bereits wieder weitere Pläne in Sachen Nachbarschaftsunterstützung. Ich setzte mich an den Computer und arbeitete zunächst ein noch detaillierteres Konzept für die Buchhandlung Liebig aus, zu dem mir Giulia den Anstoß gegeben hatte. Ich war inzwischen richtig in Fahrt gekommen und hackte wie wild auf meiner Tastatur herum. Meine Ausführungen füllten bereits vier Seiten.

Zufrieden lehnte ich mich zurück. Dieser Plan könnte sich sehen lassen, und ich brannte schon darauf, ihn Linus in Kürze zu überreichen. Nur eine Sache fand ich noch etwas unbefriedigend. Wie sollte Linus die Umsetzung der neuen Ideen alleine stemmen? Doch kaum zu Ende gedacht, erinnerte ich mich wieder an meinen Gedanken vom vergangenen Abend. Eigentlich wusste ich doch schon längst, wer Linus eine dauerhafte Hilfe sein könnte.

Ich griff zum Telefon. »Guten Tag, hier spricht Lucy Gold. Bitte verbinden Sie mich mit Frau Lorenz, falls sie im Hause ist!«

»Einen Moment bitte!«

Nach wenigen Minuten hörte ich Frau Lorenz' Stimme am anderen Ende der Leitung. Ich kam schnell zur Sache: »Liebe Frau Lorenz, ich hoffe, es geht Ihnen so weit gut.« Ich wartete gar nicht erst auf die Antwort, sondern holte tief Luft. »Lesen Sie gerne gute Bücher?«

Frau Lorenz schien überrascht, denn es dauerte einen Augenblick, bis ich ihre Stimme wieder vernahm: »Ja, ja, ich lese wirklich gerne. Leider fehlte mir in letzter Zeit die Muße hierfür …« Enthusiastisch unterbrach ich sie: »Ich hätte da mal eine ganz konkrete Frage an Sie: Wären Sie eventuell an einem soliden und dauerhaften Job in einer Buchhandlung im Westen der Stadt interessiert?«

Frau Lorenz schien überwältigt. Sie brachte kaum einen vollständigen Satz heraus. »Was? … Ich … eine eigene Arbeitsstelle? Wieso …? Und dann noch in einer Buchhandlung. Aber wie komme ich denn dazu? Ich habe das doch gar nicht gelernt?«

Die vielen Fragen überrollten mich für einen Augenblick, und ich bekam sofort ein schlechtes Gewissen, da ich das alles mit Linus Liebig ja gar nicht abgesprochen hatte. Ich wusste nicht einmal, ob er sich eine zusätzliche Hilfskraft leisten konnte, mir war sogar eigentlich schon klar, dass er kaum Geld übrig haben dürfte. Ich musste es Frau Lorenz also richtig verkaufen, oder besser gesagt, ich durfte ihr keine allzu große Hoffnung in finanzieller Hinsicht machen. Vorsichtig sagte ich also: »Frau Lorenz, bevor Sie sich da falsche Vorstellungen machen, muss ich Sie ehrlicherweise aufklären. Jemand, den wir beide kennen, besitzt eine kleine Buchhandlung, die gerade nicht so läuft, wie sie sollte, und wenn nicht bald etwas passiert, muss der Besitzer Konkurs anmelden. Ich habe mir für diesen Laden ein neues Konzept ausgedacht, das aber alleine umzusetzen etwas schwierig werden dürfte. Daher kam ich auf die Idee, Sie zu fragen, ob Sie nicht ein wenig mithelfen könnten, den Laden wieder in Schwung zu bekommen. Auch wenn im Moment wohl nicht so viel für Sie dabei herausspringen wird.« Dann fügte ich noch mit etwas Nachdruck an: »Ich dachte nur, es wäre für Sie doch vielleicht ganz schön, wieder einer sinnvollen Aufgabe nachzugehen und dabei ein kleines Taschengeld zu verdienen. Außerdem wäre es langfristig ja sicherlich gut, wenn Sie eine gewisse Selbstständigkeit aufbauen könnten. Denn das wäre schließlich der Weg in die Freiheit!« Damit hatte ich mich ziemlich weit aus dem Fenster gelehnt, denn ich kannte Frau Lorenz viel zu wenig, um einschätzen zu können, in welcher Phase sie gerade steckte und wie sie ihr Leben weiter gestalten wollte. Ich schluckte hörbar, musste aber nicht lange auf ihre Antwort warten.

»Liebe Frau Gold, Sie haben ja schon so viel für mich getan. Sie wissen gar nicht, wie dankbar ich Ihnen für alles bin. Also wenn ich nun jemand anderem helfen und Ihnen damit einen Gefallen tun kann, dann brauche ich nicht lange zu überlegen. Geben Sie mir einfach Bescheid, wenn Sie wissen, wann Sie meine Hilfe tatsächlich benötigen.« Sie klang plötzlich etwas weinerlich, fast so, als würde sie ihre Vergangenheit überwältigen. »Bitte entschuldigen Sie, Frau Gold. Sie sind so ein guter Mensch. Leider sind nicht alle so, und ich stecke immer noch mitten in schwierigen Entscheidungen. Die Erinnerungen an mein bisheriges Leben holen mich nicht nur tagsüber ein. Nachts liege ich oft stundenlang wach, und dann kommt mir alles so erdrückend und deprimierend vor. Es wäre wirklich gut, wenn ich endlich einmal etwas für mich selber täte. Etwas ganz Eigenes, was mir niemand streitig machen könnte.«

Erleichtert atmete ich durch und bestätigte: »Sie machen das genau richtig, Frau Lorenz! Alles wird gut, Sie werden sehen. Ich melde mich dann also, sobald ich Näheres weiß.«

»Ich kann es kaum erwarten!«

Nach dem Gespräch fühlte ich mich immer noch euphorisch. Ich entschied kurzerhand, doch noch an die Uni zu gehen. Das Pläneschmieden hatte in mir so viel positive Energie freigesetzt, ich fühlte mich beinahe wie zum Zerbersten glücklich. Diese Energie musste genutzt werden, und womit konnte man das besser tun, als damit, wofür das Herz am meisten schlug? Auch wenn der Weg dahin noch weit war, hatten Chris und ich schon lange den Traum einer psychotherapeutischen Gemeinschaftspraxis. Und als ersten großen Schritt hoffte ich darauf, am Ende des Semesters meinen Abschluss zu machen und mich so für die Therapeutenausbildung zu qualifizieren. Und für seine Träume musste man eben auch hart arbeiten. Das tat ich heute wirklich besonders gerne. Voller Tatendrang machte ich mich auf den Weg.

10

Auf dem Flur im Hörsaalgebäude lief ich Fernando in die Arme. Ein Lächeln breitete sich auf seinem Gesicht aus. Ich stellte erstaunt fest, dass ich ihn seit unserem Treffen bei mir zu Hause vermisste. Wir umarmten uns herzlich und betraten den Hörsaal gemeinsam. Da ich vom Vormittag noch immer beflügelt war, brachte ich ein Höchstmaß an Aufmerksamkeit auf und lauschte gespannt und konzentriert. Dieses Mal schrieb ich auch eifrig mit und konnte anschließend Fernando meine Aufzeichnungen zur Verfügung stellen und mich so endlich für seine bisherige Hilfe revanchieren. Teamwork lohnte sich eben einfach!

Nach der Vorlesung wollte er natürlich wissen, wann und wo wir uns wiedersehen würden, doch ich hatte momentan noch keinen Überblick über meine Zeitfenster in den kommenden Tagen. Ich versprach mich zu melden.

Ich fuhr mit der Bahn direkt zur Buchhandlung im Westen. Linus Liebig schien überrascht, mich so schnell wiederzusehen, aber ich konnte es einfach nicht bis zum Abend abwarten, ihm meine neuen Pläne zu präsentieren. Energiegeladen stürmte ich in den Laden und begrüßte ihn überschwänglich. Ohne Umschweife erzählte ich ihm von meinen neuesten Gedankengängen zu seiner beruflichen Zukunft.

»Lucy, ich bin wirklich sprachlos! Sie haben es geschafft, mir wieder Mut zu machen. Ihre Mühen sind es auf jeden Fall wert, einen ernstzunehmenden Rettungsversuch zu starten.« Er hüstelte verlegen. »Ich verspreche Ihnen, ich werde alles umsetzen, was Sie ausgearbeitet haben, und Frau Lorenz können Sie ausrichten, dass sie ab nächster Woche bei mir anfangen kann.«

Ich lächelte zufrieden. »Es ist schön, wenn ich helfen kann. Vielleicht setzen wir uns ja bei Gelegenheit noch mal zusammen und besprechen die Details.«

Linus Liebig blickte mich mit dankbaren Augen an und zwinkerte mir zu, als ich seine Buchhandlung verließ.

Schon mehrmals hatte mein Handy in meiner Tasche vibriert, aber ich wollte nicht unhöflich sein und rangehen, während ich mich noch mit Linus unterhielt. Als ich in der U-Bahn saß, zog ich es endlich heraus und schaute nach, wer mich angeschrieben hatte.

Es war Giulia. Sie hatte mir auf die Mailbox gesprochen und klang äußerst überdreht. Anscheinend war der gemeinsam geschmiedete Plan von vergangener Woche ein voller Erfolg gewesen. Sie hatte es tatsächlich geschafft, ihren Chef mit ins Theater zu schleppen. Das hieß, der Abend hatte noch nicht stattgefunden, aber das Date war schon vereinbart. Am kommenden Samstag würde er Giulia ins Staatstheater begleiten, weil ihre Freundin angeblich abgesagt hatte. Nun würden sich die Dinge sicherlich ganz von selbst entwickeln, da war mein Zutun wohl kaum mehr vonnöten. Ich grinste breit und jubelte innerlich. Wieder einmal hatte ich es geschafft, jemanden glücklich zu machen – und das heute schon dreimal: Frau Lorenz, Linus Liebig und Giulia. Das war ein beachtlicher Schnitt, aber auch ein hohes Maß, an dem ich in Zukunft meine Messlatte ansetzen müsste.

Meine Eltern riefen an und kündigten ihren Besuch für den kommenden Sonntag an. Das hieß erst einmal aufräumen, putzen und das Chaos der vergangenen Wochen beseitigen. Dennoch hielt sich das Durcheinander im Vergleich zu sonst durchaus in Grenzen, und das lag hauptsächlich daran, dass Frau Lorenz einige Tage bei mir Unterschlupf gesucht hatte. Ihre Ordnungsliebe hatte sich offensichtlich ein wenig auf mich übertragen. Ich sammelte also die umliegende Wäsche ein und schaltete kurzerhand die Waschmaschine an. Das Wohnzimmer war schnell aufgeräumt. In der Küche müsste ich noch einige Zeit investieren.
 Beinahe hatte ich alles wieder auf Vordermann gebracht – ich musste nur noch den Müll nach draußen bringen, dann könnte ich mich entspannt zurücklehnen. Heute Abend würde ich einfach mal die Füße hochlegen und gar nichts tun. Keine Verabredung, kein Planen und auch kein Lernen. Vielleicht kam ja ein guter Film im Fernsehen. Ansonsten hatte ich auch noch einen ganzen Stapel großartiger Unterhaltungsromane, die auf mich warteten.
 Als ich mit dem leeren Mülleimer wieder den kleinen Seitenweg am Haus zurücklief, hörte ich plötzlich aufgeregte Stimmen. Ich blieb stehen und lauschte. Sie schienen von der Terrasse im Erdgeschoss zu kommen. Eine davon gehörte Marianna Hartmann. Die andere vermutlich einer Freundin.

»Ganz im Ernst! Das hat er gesagt?«

»So wahr ich hier stehe! Er ist so gemein! Ich hab es ja schon immer gewusst, aber dass er so ein hintertriebenes Spiel spielt, kann ich dennoch fast kaum glauben!«

Ich konnte ein Schniefen und Schluchzen wahrnehmen, und obwohl ich noch gar nicht genau wusste, worum es ging, hatte ich mir schon in etwa meine Vorstellung gemacht. Dass es Liebeskummer war, lag ja auf der Hand, und offensichtlich realisierte Marianna da gerade, mit wem sie es wirklich zu tun hatte.

»Er hat dieser Ina tatsächlich den gleichen Liebesbrief geschrieben wie dir! Das ist wirklich unfassbar! Vielleicht hat er auf seinem Computer schon mehrere dieser Schmachtzeilen abgespeichert und muss sie nur noch von Hand abpinseln. Oder noch besser: Es könnte ja auch sein, dass diese wunderschönen Worte nicht einmal von ihm persönlich stammen, sondern er sich das alles nur aus dem Internet zusammenkopiert hat.«

»Und ich bin darauf hereingefallen und habe ihn über ein Jahr lang angehimmelt! Ich fasse es nicht! Sogar nach unserer Trennung vor vier Wochen kam er wieder angekrochen und hat mir etwas vorgespielt, sonst hätte ich mich doch nie und nimmer noch einmal auf ihn eingelassen. Vor einer Woche kam er mit einem Strauß roter Rosen und einem Lied an, das er angeblich extra für mich geschrieben hatte. Er hat es mir auf seiner Gitarre vorgespielt, und ich dachte wirklich, ich wäre die einzige Frau für ihn!«

Jetzt weinte Marianna wirklich herzerweichend. Mir lief ein Schauer über den Rücken. Das Mädchen tat mir einfach nur leid! So ein Mistkerl! Dass manche Frauen aber auch immer ein Händchen dafür hatten, sich den Falschen auszusuchen. Unwillkürlich dachte ich an Frau Lorenz. Auch sie hatte bestimmt einmal andere Träume gehabt. Ich seufzte.

Am liebsten wäre ich zu den beiden hinübergelaufen und hätte ihnen ein paar handfeste Tipps mit auf den Weg gegeben. Zumindest hätte ich Marianna gerne getröstet und ihr gesagt, dass der Kerl es einfach nicht wert war und diese Lektion sie in ihrem Leben sicherlich ein Stückchen voranbringen würde.

Aber natürlich tat ich nichts dergleichen. Ich verhielt mich ganz ruhig. Dabei kam ich mir echt mies vor, weil ich ein privates Gespräch belauschte. Doch während der vergangenen Minuten drängte sich mir ein neuer Verdacht auf: Eine junge Frau im Alter von Marianna, die vielleicht zum ersten Mal die Erfahrung eines gebrochenen Herzens durchlebte, konnte schon mal sentimental werden und sogar mit ihrem Leben hadern. Konnte sie die gesuchte Schreiberin sein? Alles schien dafür zu sprechen! Dass ihr Bruder auf eine solche Idee gekommen sein sollte, erschien mir augenblicklich völlig abwegig. Er war eher der harte Typ, der mit seinen Jungs ein paar Bier über den Durst trank und Sprüche klopfte, und bestimmt niemand, der sich den Frust von der Seele schrieb oder gar einen Selbstmord androhte.

»Weißt du was, Süße? Du musst dringend mal hier raus! Lass uns in die City gehen. Ein bisschen Shoppen ist jetzt doch bestimmt genau das Richtige für dich. Zumindest ist es besser, sich abzulenken, als zu Hause

Trübsal zu blasen. Vielleicht treffen wir noch ein paar Leute aus der Clique, und später können wir ja noch in einen Club gehen.«

Mariannas Antwort kam zögerlich: »Ich weiß nicht so recht. Ich glaube, ich bin gerade einfach nicht in Stimmung. Mir wäre es am liebsten, einfach nur alleine zu sein. Bitte sei mir nicht böse, Clara. Ein andermal, wer weiß, aber heute ist mir einfach nicht danach.«

Mein Herz begann heftiger zu klopfen. Marianna würde doch jetzt hoffentlich nicht auf dumme Gedanken kommen. Das Handy in meiner Hosentasche begann zu summen, und ich zuckte zusammen aus Sorge, mein Versteck könnte auffliegen. Ich drückte rasch auf die Stummtaste und steckte es wieder zurück an seinen Platz. Die Mädchen schienen nichts bemerkt zu haben.

Wenig später hörte ich die Haustür schlagen und sah kurz darauf ein attraktives Mädchen – vermutlich handelte es sich dabei um Clara – den Gehsteig entlang spazieren. Ich nahm an, dass Marianna sich nun in ihr Zimmer zurückzog, um sich alleine ihrem Schmerz hinzugeben. Soweit ich wusste, ging ihr Zimmer tatsächlich zur kleinen Terrasse hinten hinaus. Das Wohnzimmer auf der Vorderseite hatte ebenfalls eine Terrasse, die aber noch in einen hübschen Garten mündete.

Wie auch immer: Wenn ich noch mehr in Erfahrung bringen wollte, musste ich meinen bisher günstigen Platz aufgeben und mich ganz bis zur Terrasse hinschleichen. Das Risiko, entdeckt zu werden, war natürlich viel höher als zuvor, aber nun galt es unter Umständen Schlimmeres zu verhindern. Ich spähte vorsichtig durch die Glasscheibe und sah Marianna an ihrem Schreibtisch sitzen. Sie hatte eine Füllfeder in der Hand und schrieb etwas auf ein Blatt Papier. Nach einigen Minuten faltete sie es zusammen und steckte es in einen Umschlag – vielleicht ein Brief an ihren Exfreund, dachte ich. Sie schob den Brief unter ein Buch und stützte dann mit einer verzweifelten Geste ihr Gesicht in ihre Hände. Ohne es genau zu sehen, konnte ich ahnen, wie ihr die Tränen über die Wangen liefen.

Ich begann ein wenig zu frieren. Nachdem ich in der bloßen Absicht, meinen Mülleimer auszuleeren, hinuntergelaufen war, hatte ich noch immer Hausschuhe an und leider auch kein Jäckchen übergeworfen. Jetzt stand Marianna auf, und ich konnte ihr verheultes Gesicht sehen. Blitzartig zog ich mich in meine Deckung zurück und hoffte, dass sie mich nicht bemerkt hatte.

Laute Klänge drangen an mein Ohr. Marianna hatte soeben ihre Stereoanlage angestellt und bis zum Maximum aufgedreht. Ich wagte noch einmal einen Blick in ihr Zimmer. Die Trauer schien gerade in Wut zu kippen, denn sie schleuderte allerhand Sachen zu Boden, unter anderem einen niedlichen Stoffhund – bestimmt hatte *er* ihr den einmal geschenkt. Sie zog ein Fotoalbum hervor und riss mehrere Bilder heraus, die sie dann zerknüllte und ebenfalls energisch auf den Fußboden warf. Wenn die Musik nicht so laut gewesen wäre, dann hätte man sie sicherlich schreien hören, denn sie riss den Mund weit auf, kniff die Augen zusammen, ballte die Fäuste und stampfte wütend auf. Vom Bild der hübschen, zarten Marianna, das jedermann kannte, war im Moment nichts mehr übrig.

Gerade als ich mich zurückziehen wollte – ich konnte schließlich nicht den Rest meines Abends auf der Terrasse anderer Leute verbringen –, stockte ich. Das Blut gefror mir in den Adern. Marianna öffnete nun eine Schublade und holte eine Schachtel heraus. Sie öffnete sie und zog etwas heraus. Es war selbst auf die Entfernung und das schummrige Licht gut zu erkennen, dass es sich dabei um Tabletten handelte. Sie drückte gleich mehrere heraus und griff nach einem Glas Wasser, das auf ihrer Kommode stand. Um Gottes willen! Sie würde sie doch jetzt nicht herunterschlucken! Sollte das gerade ein Selbstmordversuch sein? War der Brief, den sie gerade geschrieben hatte, möglicherweise gar nicht für ihren Exfreund bestimmt, sondern ein Abschiedsbrief an ihr Leben oder gar an ihre Eltern?

Ich sprang aus meinem Versteck hervor und klopfte wie wild an die Terrassentür, doch Marianna bemerkte mich nicht. Sie hatte sich weggedreht und war dabei, sämtliche Tabletten auf einmal hinunterzuschlucken. Ich hämmerte noch heftiger an die Tür, aber die Musik war so laut, dass das Mädchen nichts hörte. Wie von der Tarantel gestochen rannte ich ums Haus und klingelte Sturm bei Familie Hartmann. Ich nahm den Finger nicht mehr vom Klingelknopf, bis mir die Tür geöffnet wurde.

Ich blickte in die erstaunten Augen von Herrn Hartmann.

»Guten Abend, Frau Gold. Was kann ich für Sie tun?«

Er musste mir meinen Schrecken angesehen haben, denn er legte mir sofort beruhigend eine Hand auf die

Schulter und fragte: »Geht es Ihnen gut? Brauchen Sie Hilfe?«

Ich holte tief Luft: »Nnnnein ...«, stammelte ich, »aber Sie brauchen meine!«

Bestürzt sah er mich an. »Was sagen Sie da? Wie meinen Sie ...«

Ich unterbrach ihn ungeduldig. »Entschuldigen Sie, Herr Hartmann, wir haben keine Zeit zu verlieren. Es handelt sich um Ihre Tochter. Bitte lassen Sie mich durch ...« Hektisch stürmte ich an ihm vorbei und riss die Tür zu Mariannas Zimmer auf. Ich sah sie auf dem Bett liegen, ihre Augen waren geschlossen. Mit rasendem Puls sprang ich an ihr Bett und beugte mich über sie und schüttelte sie kräftig.

Marianna schlug sofort die Augen auf und starrte mich erschrocken an. Ich sah, wie sich gleich ein Schrei ihrer Kehle entringen würde, da erfüllte er auch schon in voller Intensität das ganze Zimmer. Herr Hartmann, der mir fassungslos nachgeeilt war, trat neben mich und rief aufgebracht: »Ruhe! Was zum Teufel ist hier los? Frau Gold, was machen Sie hier? Was wollen Sie von meiner Tochter?«

Marianna, die inzwischen aufgesprungen war, verschränkte wütend die Arme vor ihrer Brust.

»Das würde ich auch zu gerne wissen! Was machen Sie hier in meinem Zimmer? Wie kommen Sie dazu, sich hier einfach reinzuschleichen und mich derartig zu erschrecken?«

Mir lief es heiß und kalt über den Rücken. Ich sah in Mariannas verärgertes Gesicht und in ihre glasklaren Augen, die mich etwas kühl, aber hellwach musterten.

Hatte ich einen Fehler gemacht? War es gar nicht das, wonach es ausgesehen hatte? Ich sah mich hilfesuchend nach der Schachtel Tabletten um, die noch immer auf der Kommode neben Mariannas Bett lag. Mit zitterndem Finger zeigte ich auf die Medikamentenpackung. »Ich dachte …, ich dachte, du würdest …« Jetzt brach meine Stimme völlig zusammen, und es gelang mir nicht länger, meine Fassung zu bewahren. Ich griff nach der Schachtel. *Zur Förderung des Immunsystems* stand unter dem Produktnamen. *Pflanzliches Heilmittel – rezeptfrei.*

O nein … Aus meinem Kehlkopf drang nur noch ein schwaches Krächzen. Ich drückte Herrn Hartmann die Medikamentenpackung in die Hand und versuchte meine Stimme zurückzugewinnen. »Ich dachte, Ihre Tochter würde … na ja, … sie würde sich das Leben nehmen.« Nun war es heraus und sowohl Herr Hartmann als auch Marianna sahen mich erstaunt an. Marianna war die Erste, die ihre Sprache wiederfand.

»Wie kommen Sie nur darauf?«

In Sekundenschnelle überschlugen sich meine Gedanken auf der Suche nach einer plausiblen Erklärung. Ich musste ihnen zumindest so viel erzählen, wie notwendig war, um mein Verhalten nachvollziehbar zu machen. Eine Erklärung liefern, die hieb- und stichfest war – aber das bedeutete nicht, dass ich alles preisgeben musste. Den Brief wollte ich vorerst nicht erwähnen. Sollte er wirklich von Marianna stammen, so wollte ich sie hier vor ihrem Vater nicht kompromittieren. Falls sie aber nichts damit zu tun hatte, so wollte ich vermeiden, dass zu viele Leute ihre Nase in Angelegenheiten steckten, die sie nichts angingen. Wäre ich nicht gerade in solch einer peinlichen Situation gefangen gewesen, hätte ich bei diesem letzten Gedanken fast schmunzeln müssen: Eine Handvoll Lucy Golds wären vermutlich eher eine Plage als ein Segen!

Doch im Moment blieb mir das Lachen im Hals stecken. Ich versuchte mich zu fassen und wandte mich an Herrn Hartmann. »Bitte entschuldigen Sie vielmals, lieber Herr Nachbar! Das muss für Sie alles sehr merkwürdig aussehen, aber glauben Sie mir, ich kann Ihnen alles erklären.«

Ein durchdringender Blick seiner sonst so freundlichen Augen verunsicherte mich und ließ mich mehrmals schlucken. »Es ist mir furchtbar unangenehm, aber bitte hören Sie mich einfach an!«

Er sah seine Tochter an, dann mich und nickte. »Gut, aber dann gehen wir jetzt alle gemeinsam ins Wohnzimmer und setzen uns in Ruhe hin. Ich brauche erst einmal einen starken Kaffee. Will sonst noch jemand einen?«

Ich nickte dankbar und folgte ihm in die Küche. Marianna klebte wie ein Schatten an mir. »Ich bin sehr gespannt auf Ihre Erklärung, Frau Gold«, flüsterte sie mir von hinten zu. Meine Knie zitterten noch immer, aber meine Stimme gehorchte mir wieder. Wir setzten uns aufs Sofa, und die beiden blickten mich erwartungsvoll an.

Mit beiden Händen hielt ich mich an meiner Kaffeetasse fest und begann dann zu berichten. »Zunächst einmal muss ich mich zutiefst bei Ihnen entschuldigen, dass ich es gewagt habe, in Ihre Privatsphäre zu dringen.«

Ich berichtete, wie ich auf dem Weg zu den Mülltonnen hinter dem Haus Stimmen vernahm, und musste zugeben, dass ich dann gelauscht hatte. Da Herr Hartmann nichts von dem Brief aus der Mülltonne wusste, zog er irritiert die Stirn kraus.

»Ich weiß, das muss wirklich komisch für Sie klingen. Eine fremde Person oder, genauer gesagt, eine durchgeknallte Nachbarin schleicht durch Ihren Garten und lauscht an Ihrem Fenster. Aber versuchen Sie bitte zu verstehen. Ich bin Psychologiestudentin und als solche stark sensibilisiert für schwerwiegende psychische Probleme, Störungen oder Traumata. Ich habe schon die verrücktesten Geschichten gelesen, und ich hatte einfach Sorge, dass Marianna sich aufgrund des vorangegangenen Gesprächs und ihres Verhaltens in ihrem Zimmer etwas antun würde. Und dann der Griff zu den Tabletten …«

Eine Weile sagte Herr Hartmann gar nichts. Dann schnaufte er hörbar durch und meinte: »Verstehe. Das sind an sich ehrbare Argumente, und manchmal wünscht man sich sogar, es gäbe mehr Menschen, die sich um das Wohl der anderen sorgten.« Er zwinkerte mir zu. „Also von meiner Seite sage ich Schwamm drüber – aber das mit dem Spionieren lassen Sie in Zukunft besser sein! Sollten Sie einen begründeten Verdacht hegen, dass etwas nicht in Ordnung ist, ob mit den Kindern oder mit sonst jemandem, dann bitte ich Sie einfach, beim nächsten Mal gleich die Klingel zu benutzen und mit mir zu reden.« Er sah seine Tochter auffordernd an, und ich hoffte inständig, dass auch sie mir die Absolution erteilen würde. Trotz allem würde ich mich sowieso den Rest des Abends in Scham und Schmach suhlen.

Doch dann kam etwas völlig Unerwartetes. Mariannas Reaktion machte mich noch einmal sprachlos, denn damit hatte ich schlicht und einfach nicht gerechnet. Sie nahm meine Hand und sah mich aus ihren traurigen Augen an.

»Es ist total lieb von Ihnen, sich um mich zu sorgen. Und nachdem Sie ja nun alles mit angehört haben und deshalb absolut im Bilde sind, bitte ich Sie« – sie machte eine kleine Pause und fuhr etwas verlegen fort – »mir mit Ihren psychologischen Kenntnissen tatsächlich zu helfen. Wäre es nicht möglich, dass ich mal zu Ihnen raufkomme – sozusagen als Patientin, und Sie wären meine Therapeutin? Ich bin sicher, Sie hätten ein paar wertvolle Tipps für mich …?« Sie sah mich mit großen, fragenden Augen an und ich brauchte einen Moment, um das Gesagte zu verdauen.

»Du willst also eine Therapie machen? Bei mir? Du weißt, dass ich noch Studentin bin, das heißt, ich kann dir leider nicht garantieren, dass du von mir wirklich profitieren wirst.«

»Das weiß ich. Aber eine Garantie gibt es doch sowieso keine, egal wie professionell jemand arbeitet. Doch aus irgendeinem unerfindlichen Grund glaube ich an Sie, Frau Gold!«

Wow! Der Abend schien sich nun doch in eine völlig andere Richtung zu entwickeln als noch eben gedacht.

»Nun gut, Marianna. Wenn du das wirklich willst, dann bin ich bereit, deinem Wunsch nachzukommen.

Es wäre mir sogar eine große Freude, dir zu helfen.« Das wäre dann wohl Nummer vier für heute, dachte ich erleichtert und erhob mich. Wenn ich etwas nicht abstreiten konnte, dann mein sich verselbstständigendes Helfersyndrom. Ich schüttelte Vater und Tochter die Hand, und sie begleiteten mich zur Tür. Just in dem Moment öffnete sich die Wohnungstür, und Frau Hartmann trat ein, überrascht und erfreut zugleich, mich zu sehen.

»Liebe Frau Gold, habe ich etwa Ihren Besuch verpasst? Möchten Sie noch einen Kaffee mit uns trinken?«

O nein, das wollte ich nun wirklich nicht noch einmal. Ich würde es auch nicht fertigbringen, die ganze Geschichte abermals zu erzählen. Das sollten ihre Lieben an meiner Stelle tun.

Ich nickte ihr freundlich zu und erklärte: »Es war doch eher ein spontaner Besuch. Aber ganz bestimmt können wir das Kaffeetrinken in Bälde nachholen.«

Erschöpft, aber auch erleichtert verließ ich die Wohnung der Hartmanns. Was für ein Abend! Noch so ein Erlebnis, und ich konnte meinen Job als Privatdetektiv endgültig an den Nagel hängen.

11

Ich traf Chris in der *Kantine,* einem kleinen Frühstückslokal in der Innenstadt. Wir bestellten Eieromelette und zwei Kännchen Kaffee. Chris sah mich aus verschlafenen Augen an. Er hatte die Nacht mit seiner derzeitigen Flamme Paula verbracht, die offensichtlich dafür gesorgt hatte, dass er jetzt wie ausgewechselt vor mir saß. Die Verliebtheit sprang ihm aus den Augen, und ich fragte mich, wie lange sie dieses Mal anhalten würde.

Als ich ihm aber meine Geschichte vom vergangenen Abend präsentierte, war Chris sofort hellwach und verhielt sich neugierig wie immer.

»Mensch, Gold, das gibt's doch alles gar nicht! Meinst du nicht, du gehst in dieser zusammengedichteten Selbstmordangelegenheit ein bisschen zu weit?«

Verärgert sah ich ihn an. »Was soll das denn nun heißen? Habe ich etwa überreagiert, indem ich den Brief ernst genommen habe? Ich habe doch alles mit euch besprochen, und keiner von euch beiden hat mir bisher signalisiert, ich würde mir da etwas zusammenspinnen. Im Gegenteil! Ihr habt mich bislang doch bei allem unterstützt. Ich erinnere nur mal an meine Hausparty.«

»Ja, natürlich! Bis jetzt war ja auch noch alles im Rahmen. Ich meine damit, niemand hat davon Schaden getragen. Aber nun ...«

Ich war sprachlos. Mit verletztem Stolz sah ich ihn an. »Du unterstellst mir also allen Ernstes, dass ich überreagiere, indem ich mich um anderer Leute Seelenwohl sorge? Hätte ich den Brief einfach ignorieren sollen? Was hättest du denn getan, wenn du zufällig das Gespräch von Marianna und ihrer Freundin gehört hättest?«

Chris zuckte ratlos die Schultern. »Ganz ehrlich, Lucy, ich habe keine Ahnung. Aber gut, letztlich kann man so etwas nicht beurteilen, wenn man es nicht selbst erlebt hat. Ich will gar nicht behaupten, dass ich es besser gemacht hätte.« Er schenkte uns Kaffee nach und schob sich genussvoll eine Gabel Omelette in den Mund. »Na ja, sieh's doch mal so: Letzten Endes hat sich alles zum Guten gewandt, und du hast sogar eine erste Patientin gewonnen. Ich hoffe, du versaust mir das süße Ding nicht!«

Ich knuffte Chris in die Seite. »Es ist mir schon klar, dass sie auch auf deiner Liste der Angebeteten steht. Ich schätze, es ist nur eine Frage der Zeit, bis du sie auch noch herumgekriegt hast.«

»Dass Frauen einem immer hintertriebene Absichten unterstellen«, gab er gespielt vorwurfsvoll von sich. »Derzeit bin ich mit Paula zusammen, aber ich glaube, das erwähnte ich schon.« Er gab seiner Stimme einen versöhnlichen Unterton: »Nein, ich meine das ganz im Ernst. Ich finde es toll, dass du nun die Chance bekommst, dich als Therapeutin zu versuchen. Da wurde dir eine schöne Gelegenheit in die Hände gespielt.«

Ich grinste. »Du meinst wohl, *ich* habe mir da eine Gelegenheit in die Hände gespielt. Jeder ist seines Glückes Schmied!«, betonte ich scherzhaft. Dann wurde ich wieder ernst. »Ich will nur einfach keinen Fehler machen. Ich hoffe, ich bin der Aufgabe einer Therapeutin schon gewachsen. Offiziell darf ich mich ja auch noch längst nicht so nennen. Das weißt du ja. Ich möchte Marianna einfach nur helfen, und vielleicht kann ich aus ihr doch noch herauskriegen, ob sie damals den Brief verfasst hat.«

Chris nickte. »Das wäre das Beste. Das nötige Feingefühl hast du ja, und dein Helfersyndrom ist obendrein unübertrefflich.« Er schmunzelte und fügte dann noch mit einem Augenzwinkern an: »Wenn ich ihr Therapeut wäre, könnte ich natürlich noch ganz andere Dinge in Erfahrung bringen. Zu einem maskulinen Gott in Weiß sehen doch alle jungen Frauen auf, ob sie wollen oder nicht. Das liegt in der Natur des Menschen!«

Jedem anderen hätte ich diesen Machospruch übel genommen. Doch Chris wäre nicht Chris, wenn er mich nicht ständig necken und anstacheln würde. Wir blieben noch fast anderthalb Stunden und besprachen außer einer Menge Privatem auch noch die anstehende Prüfung in Klinischer Psychologie. Wir hatten uns vorgenommen, noch mit zwei weiteren Kommilitonen eine Lerngruppe zu bilden und uns wöchentlich zu treffen. Die Prüfung fand bereits Ende des Monats statt. Da blieben nur noch knappe drei Wochen für die intensive Vorbereitung.

Auf dem Weg nach Hause kam ich an einigen kleineren Geschäften vorbei, unter anderem an einem Spielwarenladen. Ich bewunderte eine Puppe mit roten Locken und einem niedlichen Stupsnäschen. Ich dachte an meine kleine Cousine. Sie würde sicherlich überglücklich über so ein Geschenk sein und die beste Puppenmama aller Zeiten abgeben. Entschlossen trat ich ein und fragte nach dem Preis. Fünfunddreißig Euro – das konnte ich mir gerade noch leisten. Ich bezahlte und ließ mir die Puppe gleich hübsch einpacken. Ich beschloss, für Sonntag auch noch meine Tante und Lilly einzuladen. Meine Eltern würden sich bestimmt auch freuen, die beiden zu sehen. Das letzte Familienfest lag schon ein Weilchen zurück, und allzu oft kamen wir in dieser Runde nicht zusammen.

Zu Hause suchte ich einige Rezepte heraus und schrieb einen Einkaufszettel. Ich würde einen Apfelkuchen und ein paar Schokomuffins backen. Ich sah Lillys Gesicht förmlich vor mir, wie sie herzhaft in einen Muffin biss, und lächelte vor mich hin. Es brauchte so wenig, um ein Kinderherz zu erfreuen. Aber wenn sie dann noch ihr Geschenk auspacken würde, wäre sie für diesen Moment sicher das glücklichste Kind der Welt! Allein dafür lohnte es sich schon, sie zu überraschen.

Als ich das Treppenhaus hinunterlief, fiel mir ein, dass ich Herrn Lohmeier noch fragen könnte, ob ich etwas für ihn einkaufen sollte. Ich klingelte und wartete, bis der alte Herr mir die Türe öffnete. Er sah mich freundlich an wie immer, und doch leuchteten seine Augen nicht wie sonst. Ich fragte ihn nach seinem Befinden, und er antwortete geradeheraus.

»Ach, wissen Sie, Frau Gold, wenn man in meinem Alter ist, ist das Leben nicht mehr so aufregend und abwechslungsreich, wie das für junge Menschen der Fall ist. Wenn sich dann Ihre Familie für einen Besuch ankündigt, ist das schon ein – wie nennt man das heute noch gleich? ... Ein Highlight.« Er lächelte traurig. »Doch nun haben sie abgesagt, und ich werde sie sicherlich erst in ein paar Wochen wiedersehen.«

Ich sah ihn bedauernd an. »Aber warum haben Ihre Verwandten denn abgesagt?«

»Ach, wissen Sie, meine Enkelkinder hatten keine Lust, ihren Opa zu besuchen, und wollten lieber ins Kino. Da haben ihre Eltern ihrem Wunsch nachgegeben.«

Ein Kloß aus Ärger und Traurigkeit machte sich in meinem Hals breit. Ich wusste nicht, über wen ich mich mehr aufregen sollte. Über die verwöhnten Enkelkinder oder die Marionetteneltern, wie ich die Eltern nannte, die sich von ihren Kindern dirigieren und den Großvater hängen ließen. Der alte Mann tat mir leid.

Ohne lange nachzudenken, schlug ich vor: »Wissen Sie was, Herr Lohmeier? Kommen Sie doch morgen Nachmittag auf einen Besuch zu mir. Meine engsten Verwandten werden da sein, und es gibt leckeren Apfelkuchen. Es wäre uns eine Freude, Sie zu sehen!«

Einen Moment lang sagte Herr Lohmeier gar nichts. Dann breitete sich ein zaghaftes Lächeln auf seinem Gesicht aus. »Ja, meinen Sie denn wirklich, das wäre für Ihre Familie in Ordnung? Würde ich Sie nicht in Ihrer Privatsphäre stören?«

»Aber nein, lieber Herr Nachbar! Sie wären eine Bereicherung! Um halb drei geht es los. Ich erwarte Sie, enttäuschen Sie mich nicht!« Ich lächelte ihn auffordernd an. »So, und nun sagen Sie mir noch, was ich Ihnen mitbringen soll! Ich bin nämlich gerade auf dem Sprung zum Supermarkt.«

»Was würde ich nur ohne Sie machen, liebe Frau Gold!«

Eine Stunde später lieferte ich meine Einkäufe bei Herrn Lohmeier ab und begab mich in die Küche zum Backen. Ich tat mich grundsätzlich schwer mit neuen Rezepten, deshalb blieb ich meist beim Altbewährten. Ich stellte das Radio an und widmete mich gut gelaunt meinem Apfelkuchenrezept. Meine Gedanken schweiften hier und da zu Fernando, und es fiel mir ein, dass ich versprochen hatte, mich bei ihm zu melden, um ein Treffen zu vereinbaren.

Ich heizte den Backofen vor, dann rührte ich den Teig mit meinem Rührgerät, bis er eine zähe Masse war. Zum Schluss kümmerte ich mich um die Äpfel – sie wurden noch in Butter angedünstet, damit sie sämig und weich im Mund zerflossen, mit einem Hauch von Bratapfelgeschmack. Ich stellte den Küchenwecker auf eine halbe Stunde und beschloss, Fernando eine Nachricht zu schreiben. Erst überlegte ich, ob ich ihn ebenfalls zu der kleinen Kaffeegesellschaft einladen sollte, aber dann kam mir die Idee doch recht abwegig vor. Schließlich waren wir noch nicht wirklich ein Paar, und selbst dann wäre es doch ein bisschen früh gewesen, ihn schon meiner Familie zu präsentieren. Ich fragte ihn also, ob er abends zu mir kommen wolle. Ich würde eine Gemüselasagne machen und zum Nachtisch gefrorenen Himbeertraum servieren. Ich kannte niemanden, der dem widerstehen konnte, und tatsächlich kam nur wenige Minuten später die Zusage per SMS. Ich konnte also einem aufregenden Sonntag entgegensehen.

Ein merkwürdiger Geruch nach angebrannten Äpfeln riss mich aus meinen Träumereien. Dichter Qualm drang ins Wohnzimmer, und kurz darauf ertönte auch schon der Feueralarm im Flur. Panisch sprang ich auf und eilte in die Küche. Ich wusste im ersten Moment nicht, worum ich mich zuerst kümmern sollte, um den nervtötenden Feueralarm oder den qualmenden Backofen. Instinktiv entschied ich mich für Letzteres. Ich stellte ihn aus und riss die Klappe auf. Dann schaltete ich den Feueralarm ab und war froh, nur wieder mein Radio zu hören.

Die Küchenuhr war noch nicht ganz abgelaufen, aber auf dem zuckrigen Topping hatte sich schon eine schwarzbraune Schicht gebildet. Verdammt! Ich musste die falsche Temperatur eingestellt haben. Ich nahm das Backblech heraus und begutachtete das Malheur. War vielleicht noch etwas zu retten? Konnte ich die oberste Lage einfach abkratzen? Verzweifelt versuchte ich Stück für Stück den Zuckerguss abzutragen. Am Ende sah der Kuchen jedoch sehr mitgenommen aus. Ich probierte ein Stückchen und stellte nüchtern fest, dass er nicht überzeugen konnte. Ich seufzte. Da gab es nur zwei Möglichkeiten: Entweder ich backte einen neuen Kuchen, oder ich musste am Sonntag im Café einen kaufen.

Ich warf meinen Mantel über und spurtete zum Supermarkt hinunter. Noch einmal kaufte ich alle Zutaten ein, und noch einmal stand ich eine geschlagene Stunde in der Küche, um meinen Apfeltraum zuzubereiten. Diesmal klappte alles! Ich atmete erleichtert auf.

Tja, so konnte man seinen Samstagnachmittag natürlich auch verbringen. Zum Glück war mir mein Humor geblieben, der mir dann doch noch ein ironisches Lächeln abrang.

Ich war froh, dass ich mich mit niemandem mehr für diesen Tag verabredet hatte, denn so gern ich auch ausgegangen wäre, ich musste mich noch dringend in meine Bücher vertiefen.

Die Gäste klingelten pünktlich um halb drei. Wie schon vermutet, waren meine Eltern begeistert, dass auch Mutters jüngere Schwester gekommen war. Sie bedauerten sehr, dass sie ihre Nichte Lilly schon so lange nicht mehr gesehen hatten, denn in diesem Alter entwickelten sich Kinder ja so schnell.

Meine Eltern sahen mich erstaunt an, als kurze Zeit später auch noch Herr Lohmeier vor der Tür stand. Doch sie waren ihm gegenüber – wie nicht anders erwartet – herzlich und aufgeschlossen.

Ich führte die kleine Gesellschaft ins Wohnzimmer und ließ sie am gedeckten Tisch Platz nehmen. Vorsichtig trug ich den Kuchen und die Muffins herein, die ich noch am Vormittag gebacken hatte, und schenkte meinen Gästen Kaffee ein.

Lilly riss gleich das Geschenk auf und war überglücklich! Sie drückte die Puppe an sich, drehte sich mit ihr im Kreis und wiegte sie hin und her. Fast den ganzen Nachmittag beschäftigte sie sich mit ihr. Sie gab ihr von Kaffee und Kuchen, kleidete sie an und aus, legte sie schlafen und ging mit ihr in der Wohnung spazieren. Sie nannte sie Lilian, weil sie ja schließlich mit ihr verwandt war, und das musste man bereits im Namen hören.

Später begann Lilly sich zu langweilen, und ich schlug

der versammelten Runde vor, mit ihr noch ein wenig auf den nahe gelegenen Spielplatz zu gehen.

Dort angekommen, kletterte Lilly sofort auf den hohen Kletterturm und winkte uns von der Spitze aus zu. Sie wirkte fröhlich wie immer, und doch sahen ihre Augen etwas müde aus.

Nach einer halben Stunde wollten meine Eltern und meine Tante sich wieder auf den Rückweg machen, doch Lilly hatte so viel Spaß, dass der alte Herr Lohmeier und ich beschlossen, noch ein wenig zu bleiben. Ich gab meinen Eltern den Wohnungsschlüssel und versicherte, in wenigen Minuten nachzukommen. Meine Cousine hatte inzwischen ein anderes Mädchen kennengelernt, mit dem sie im Sandkasten saß und Sandtörtchen backte.

Wie schnell Kinder doch Kontakt fanden! Es schien so unkompliziert. Sie trafen sich, sagten Hallo, und wenig später waren sie die besten Freundinnen. Ab welchem Alter begann man eigentlich, dieses Urvertrauen zu verlieren?

Da Lilly mich gerade nicht brauchte und meine Anwesenheit vermutlich längst vergessen hatte, gesellte ich mich zu Herrn Lohmeier auf die Bank gegenüber dem Sandkasten.

Eine alte Dame saß dort und strickte an einem Schal. Es dauerte nicht lange, mit ihr ins Gespräch zu kommen. Sie war die Oma des kleinen Mädchens, das gerade mit Lilly im Sand spielte. Sie wohnten nicht weit vom Spielplatz entfernt, und die alte Dame erzählte, dass sie regelmäßig auf ihre Enkelin aufpasste, weil ihre alleinerziehende Mutter sonst niemanden hatte, der sich um sie kümmern konnte. Glücklicherweise wohnten sie im selben Haus, sodass die Betreuung der Kleinen auf unkomplizierte Weise gesichert war. Sie erzählte auch, dass sie froh war, diese Aufgabe zu haben, da sie seit einem Jahr verwitwet war und ihr ansonsten die Decke auf den Kopf fallen würde. Sie sei dankbar für jede Ablenkung und versuche so oft wie möglich, mit ihrer Enkelin Lizzy etwas zu unternehmen.

Aus dem Augenwinkel beobachtete ich Herrn Lohmeier und bemerkte, dass wieder eine gewisse Traurigkeit in seinem Blick lag. Womöglich dachte er an seine eigenen Enkelkinder und wie anders der Umgang seiner Familie mit ihm doch war. Trotz allem lächelte er freundlich und schien erfreut über die Unterhaltung mit der netten alten Dame.

Einer Eingebung folgend, fragte ich sie nach ihrer Telefonnummer, und wir nahmen uns vor, uns bei nächster Gelegenheit mit den Kindern wiederzutreffen.

Schon wieder war fast eine halbe Stunde vergangen, und ich gab Lilly Zeichen aufzubrechen. Sie freute sich riesig, als ich ihr versprach, bald wieder mit ihr herzukommen und uns dann auch noch mit ihrer neuen Freundin zu verabreden. Ich nahm meine kleine Cousine bei der Hand und machte mich auf den Rückweg. Das Spielen an der frischen Luft musste doch sehr anstrengend gewesen sein. Lilly gähnte laut, und es fiel ihr schwer, beim Gehen ihre Füße zu heben.

Herr Lohmeier blieb noch ein Weilchen und leistete seiner neuen Bekanntschaft Gesellschaft. Ich freute mich, dass er Anschluss gefunden hatte. Beim nächsten

Mal musste ich ihn unbedingt wieder mit auf den Spielplatz nehmen. Vielleicht konnte man die beiden alten Herrschaften auf irgendeine Weise zusammenführen. Ein Schmunzeln huschte über mein Gesicht. Ich konnte einfach nicht anders, als ständig den helfenden Engel zu spielen.

Nachdem die Gäste gegangen waren, war ich zu einem straffen Zeitplan gezwungen. Ich musste noch aufräumen, abwaschen, die Lasagne und das Dessert zubereiten und mich währenddessen noch irgendwie in Schale werfen. Je weiter die Zeiger der Uhr nach vorne rückten, umso aufgeregter wurde ich. Mir blieben noch knapp zwanzig Minuten, und ich hatte noch nicht einmal den Tisch gedeckt, geschweige denn die Lasagne in den Ofen geschoben. Hoffentlich ist er nicht allzu pünktlich, dachte ich und trug eine zweite Schicht Wimperntusche auf. Ich besprühte mich mit meinem neuen Lieblingsparfüm von Jimmy Choo und warf einen letzten kritischen Blick in den Spiegel. Würde ich ihm gefallen? Würde es mir gelingen, ihn heute zu verführen, oder würde er derjenige sein, der mich um den Finger wickelte?

Als er wenig später an meiner Tür klingelte, schlug mir das Herz bis zum Hals. Ich war so aufgeregt, dass mir schon ohne irgendeinen Schluck Alkohol die Schamesröte ins Gesicht stieg.

Fernando bedankte sich tausendmal für die Einladung. Er öffnete die Flasche Rotwein, die er mitgebracht hatte, und schenkte jedem ein Glas ein. Der trockene, vollmundige Wein passte wirklich hervorragend zum Essen.

Wir unterhielten uns zunächst über unser Studium, die Professoren, die Lehrveranstaltungen, die anderen Studenten. Das Thema war so ergiebig, dass wir bereits beim Nachtisch anlangten, als wir zum ersten Mal auf uns beide zu sprechen kamen. Fernando nahm plötzlich meine Hand und streichelte sie sanft. Ich blickte ihn verlegen an. Plötzlich stand er auf und drehte die Stereoanlage etwas lauter. Ein verträumtes Lied von Maria Mena erfüllte den Raum mit einer gewissen Zärtlichkeit. Fernando trat an meinen Stuhl heran und bot mir die Hand. Er wollte mich zum Tanzen auffordern, und natürlich schaffte ich es nicht, ihm diese Bitte abzuschlagen.

Er zog mich dicht an sich heran, und wir bewegten uns langsam im Kreis, wobei seine rechte Hand mir gefühlvoll über den Rücken streichelte. Ich ließ mich ganz fallen in diese knisternde Spannung, die zwischen uns beiden entstanden war.

Als das Lied zu Ende war, blieb er stehen, beugte sich zu mir herab und küsste mich. Jetzt würde es passieren, dachte ich, wir beide würden die Nacht miteinander verbringen. Alles deutete darauf hin! Ich brauchte nichts weiter zu tun, als einfach alles zuzulassen und mich vertrauensvoll in seine Hände zu begeben. Wir küssten uns jetzt heftiger, intensiver, leidenschaftlicher. Seine Zunge war fordernd, ebenso seine Hände, die jetzt meinen ganzen Rücken entlangwanderten. Er knöpfte mir die Bluse auf, wobei ich mich innerlich auf einmal zu verkrampfen begann. Ich spürte seine Hand, die sich an meinem Gürtel zu schaffen machte. Und da schrie etwas in mir immer lauter werdend: Stopp!

Ich packte seine Handgelenke und schob sie zur Seite. Irgendwie musste ich ihm klarmachen, dass das nicht das war, was ich wollte. Zumindest jetzt noch nicht.

»Bitte, Fernando, lass uns nichts überstürzen. Es war ein wundervoller Abend mit dir, aber ich brauche noch etwas Zeit, dich kennenzulernen.« Ich sah ihn entschuldigend an. »Ich weiß, du denkst jetzt sicher, es hätte alles so einfach sein können. Aber so bin ich eben nicht. Ich kann und will nicht schon am ersten Abend alles geben. Ich möchte noch meine Phantasie nutzen und von dir träumen können. Außerdem möchte ich mir wirklich ganz sicher sein mit uns. Das möchtest du doch auch, oder nicht?«

Fernando nickte und streichelte mir zärtlich eine Strähne aus der Stirn. »Natürlich. Wenn du noch Zeit brauchst, sollst du sie haben. Möchtest du, dass ich gehe?«

»Nein, natürlich nicht. Es war alles perfekt bis jetzt. Möchtest du vielleicht noch einen Tanz mit deiner heutigen Partnerin?« Ich sah ihn verschmitzt an.

Er gab mir einen vorsichtigen Kuss und meinte: »Wie könnte ich das ablehnen?«

Wir verbrachten noch die halbe Nacht mit Tanzen, Händchenhalten und Kuscheln auf dem Sofa. Weit nach Mitternacht erst brach er auf und ließ mich mit einem seltsamen Gefühl von Verliebtheit und Angst zurück. Der Abend war bezaubernd gewesen.

Alles hatte gepasst – das Essen, die Musik, die Stimmung. Selbst nach unserer kleinen Auseinandersetzung hatte er sich von seiner besten Seite gezeigt. Er war ein Gentleman durch und durch. Er trug ein leidenschaftliches Feuer in sich, etwas, das mich magisch anzog. Und doch blieb ein fahler Geschmack in meinem Mund zurück.

12

Am Dienstagabend trafen sich Frau Lorenz, Linus und ich in der *Rosenau*, einer netten, kleinen Lokalität in der Innenstadt. Linus hatte für uns reserviert. Aus Dankbarkeit für unsere Unterstützung wollte er uns zum Abendessen einladen. Er hatte sich noch eine Menge Gedanken zu meinen Vorschlägen gemacht und brannte schon darauf, alle Details mit uns zu besprechen. Gut gelaunt zog er sein Notizbuch hervor und erklärte uns sein neues Konzept.

»Also, Frau Lorenz, fürs Erste habe ich mir gedacht, dass Sie ab Freitag diese Woche die Kinderlesestunde übernehmen. Außerdem wäre es prima, wenn Sie mich ab morgen täglich in der Mittagspause vertreten würden. Am liebsten wäre es mir, wenn Sie sich am Samstagabend ganz viel Zeit nähmen und ich Ihnen dann alles genau erklären könnte. Sie müssen über unsere Buchbestände Bescheid wissen, sich mit Bestellungen und unserem Kassensystem vertraut machen und auch wissen, wie wir archivieren.«

Linus' Augen funkelten, sein Redeschwall war kaum zu stoppen. »Wegen der neuen Flyer und Visitenkarten müssten wir uns auch noch Gedanken machen.«

Nun unterbrach ihn Frau Lorenz vorsichtig. »Lieber Herr Liebig, das habe ich bereits. Wovon Sie nämlich nichts wissen, ist der glückliche Umstand, dass ich sozusagen vom Fach bin.« Sie lächelte scheu. »Nein, nein, ich meine nicht den Buchhandel, sondern die Werbebranche. Den Beruf der Grafikdesignerin habe ich tatsächlich erlernt, wenn ich auch nicht sonderlich lange darin tätig war. Mein Mann wollte das nicht.« Sie räusperte sich. »Dennoch, es wäre also eine Kleinigkeit für mich, Ihnen ansprechendes Werbematerial zu entwerfen.« Nach kurzem Zögern fügte sie hinzu: »Sie müssten mir nur einen Rechner zur Verfügung stellen.«

Ein zutiefst dankbarer Blick traf Frau Lorenz, und sie sah peinlich berührt zur Seite. Linus bestätigte ihr freudestrahlend, dass sie jederzeit an seinem Computer in der Buchhandlung arbeiten dürfe.

Dann erhob er das Glas, und wir stießen auf die neuen Ideen und ihre baldige Umsetzung an.

Als wir später aufbrachen, hatten wir zwei Flaschen Sekt geleert und einen tollen Abend verbracht. Linus bot an, Frau Lorenz zurück zum Frauenhaus zu begleiten, und da ich mit ihm immerhin unter einem Dach wohnte, lag es nahe mitzukommen; dann könnten wir uns von dort aus gemeinsam ein Taxi nehmen.

Frau Lorenz verabschiedete sich von uns mit einer Umarmung. Die neue Aufgabe schien ihr schon jetzt gutzutun, und sie blühte förmlich auf. Sie versprach, am nächsten Vormittag in die Buchhandlung zu kommen und sich mit ihren Aufgaben vertraut zu machen.

Linus' gute Laune hielt an, bis wir zu Hause angekommen waren. Als wir uns verabschiedeten, drückte er mich herzlich an sich – zwei Augenblicke. Vielleicht einen kurzen Moment zu lang.

Bevor ich mich schlafen legte, sah ich noch einmal auf mein Handy. Von Giulia waren mittlerweile schon vier

Nachrichten eingegangen. Ich hatte ein extrem schlechtes Gewissen, da ich mich seit dem Wochenende nicht mehr bei ihr gemeldet hatte. Dabei hatte ich sie doch schon längst fragen wollen, wie ihr Date mit ihrem Chef gelaufen war.

Ich las die erste Nachricht:

Hi Lucy,
du wirst es nicht glauben, aber es war einfach der Wahnsinn! Der Theaterabend war von vorne bis hinten ein voller Erfolg – sind anschließend noch etwas trinken gegangen – saßen bis Mitternacht zusammen – haben uns gleich wieder für nächstes Wochenende verabredet.
  Küssle – Giulia

Ich scrollte weiter zur nächsten Nachricht. Sie stammte von Sonntagabend und war weniger stichpunktartig verfasst.

Hi Lucy,
habe ihn heute wiedergesehen, obwohl er eigentlich gar nicht in meiner Schicht eingeteilt war. Er kam angeblich nur vorbei, um mal nach dem Rechten zu sehen. Du kannst mir erzählen, was du willst, aber ich habe das Gefühl, er wollte mich einfach wiedersehen!
  Ich drück dich – Giulia

Die dritte Nachricht war eine Sprachnachricht, und ich klickte die Playtaste, um sie abzuhören.

*Hallo Lucy,
ich hoffe, bei dir ist alles in Ordnung, denn ich sehe, dass du meine Nachrichten noch gar nicht gelesen hast. Du musst entschuldigen, dass ich bislang nur von meinem Liebesleben gesprochen und dabei ganz und gar vergessen habe, dass du vielleicht auch etwas auf dem Herzen hast. Also bitte ruf an oder gib sonst ein Lebenszeichen von dir. Ach ja, und nochmals tausend Dank für deine Tipps mit **Timo**. Ohne dich wäre ich jetzt sicherlich nicht da, wo ich bin. Falls ich es also bis jetzt noch nicht genau wusste, so bin ich mir jetzt absolut sicher: Ich bin bis über beide Ohren verknallt! Mein Gott, ich glaube, ich war noch nie so verliebt und so aufgeregt wie jetzt. Ich fühle mich wie süße sechzehn! Oje, ich hoffe nur, ich versau es nicht! Schließlich habe ich ja ein Talent dafür, ins Fettnäpfchen zu treten. Aber nachdem er gestern völlig unerwartet in der Bar aufgetaucht ist, muss ich wohl nicht gleich das Schlimmste befürchten. Also, meine Liebe, ich küsse dich und warte gespannt auf eine Antwort!*

Und danach folgte noch eine kurze vierte Nachricht:

*Liebe Lucy,
nun mache ich mir aber langsam wirklich Sorgen. Bitte melde dich bald – Giulia*

Ich tippte rasch ein paar Zeilen, in denen ich Giulia mitteilte, dass sie sich keine Sorgen machen müsse, und versicherte ihr, mich am nächsten Tag bei ihr zu melden. Dann schaltete ich das Handy ab und legte es auf mein Nachttischchen. Müde knipste ich das Licht aus und drehte mich zur Seite. Mein Kopf war voll mit den Gedanken der vergangenen Tage, und ich hatte trotz der Müdigkeit Mühe, einzuschlafen.

Als ich endlich in einen unruhigen Schlaf fiel, hatte der neue Tag bereits begonnen.

13

Verärgert ließ ich die Tür von Professor Hummel hinter mir ins Schloss fallen. Ich hatte einen Gesprächstermin wegen einer Hausarbeit, die ich bei ihm schreiben wollte. Er hatte sich dafür kaum zehn Minuten Zeit genommen und mir am Ende von meinem Thema abgeraten. Stattdessen legte er mir als Vorschlag »Essstörungen bei Kindern und Jugendlichen« vor. Meine Antwort kam mir leicht patzig über die Lippen, und ich konnte meinen Ärger über all die überflüssige Arbeit, die ich mir im Vorfeld gemacht hatte, nicht ganz verbergen.

Ich fühlte mich gestresst. Es waren nur noch zwei Wochen bis zur Prüfung in Klinischer Psychologie, und ich hatte so schon genug zu tun. Die kurzfristige Änderung brachte meinen ganzen Terminplan durcheinander. Noch dazu die erdrückende Masse an Privatangelegenheiten, die sich gerade in meinem Leben überschlugen. Außerdem hatte ich meiner Lerngruppe zugesichert, für unser nächstes Treffen eine Zusammenfassung eines bedeutenden Lehrbuchs zum Thema »Diagnostische Prozesse in der Klinischen Psychologie und Psychotherapie« zusammenzuschreiben. Dafür hatte ich gerade noch drei Tage Zeit.

Ich sah auf die Uhr. Das anstehende Tutorium könnte ich sausen lassen und stattdessen schon einmal mit der Vorbereitung für die Prüfung beginnen. Am Nachmittag hatte ich den ersten Gesprächstermin mit Marianna vereinbart. Zwei Stunden musste ich dafür einkalkulieren.

Ich war gerade fertig mit Abspülen, als es klingelte.

Marianna überreichte mir einen Blumenstrauß. Ich bedankte mich herzlich und bat sie herein, stellte eine Kanne Tee und zwei Tassen auf den Tisch. Marianna nahm auf meinem Sofa Platz, und ich setzte mich in den Sessel gegenüber. Zunächst unterhielten wir uns über Oberflächliches, doch dann lenkte ich das Gespräch gezielt auf den Grund ihres Erscheinens.

Rasch legte Marianna ihre anfängliche Schüchternheit ab und begann zu erzählen: »Der Freddy ist ein Freund meines Cousins. Ich habe ihn auf der Geburtstagsparty von Jason – so heißt mein Cousin – kennengelernt. Wir tanzten, quatschten und flirteten den halben Abend miteinander, und er brachte mich dann nach der Feier nach Hause. Seitdem sind wir ein Paar – entschuldigen Sie, Frau Gold, ich meine natürlich: waren wir ein Paar, denn jetzt sind wir ja nicht mehr zusammen.«

»Was hat dir an Freddy besonders gefallen?«, fragte ich Marianna ganz direkt. Sie wirkte erst überrascht, dann nachdenklich und antwortete: »Eigentlich alles, aber ganz besonders beeindruckt hat mich seine Fürsorglichkeit. Ja, er war immer so auf mein Wohl bedacht, und es war ihm wichtig, wie ich mich fühlte.«

»Verstehe! Er hat sich also wie ein großer Beschützer benommen?«

»Ja, zumindest anfangs.« Mariannas Blick wurde glasig. »Er hat mich immer mit seinem Moped abgeholt, und wir sind dann einfach nur in der Gegend herumgefahren, haben zusammen Eis gegessen, waren in der City flanieren oder haben Freunde besucht. Wir waren unzertrennlich, und alle wussten das.«

Ich sah Marianna durchdringend an. Die nächste Frage würde ihr nicht gefallen. »Ab wann hast du das erste Mal bemerkt, dass er sich verändert hat?«

Erst zuckte sie die Schultern, doch dann schien sie in sich zu gehen und ernsthaft nach einer Antwort zu suchen. »Ich weiß nicht genau, aber ich glaube, das war um meinen Geburtstag herum. Wir hatten eigentlich geplant, zusammen wegzufahren. Es sollte ein ganz besonderes Wochenende werden. Sie wissen schon: der ganze Luxus eines Wellnesshotels, sich von vorn bis hinten verwöhnen lassen und einfach eine wundervolle Zeit miteinander verbringen. Doch dann hatte er plötzlich an besagtem Wochenende keine Zeit mehr, und er sprach auch nicht davon, das so bald wie möglich nachzuholen. Einen Tag nach meinem Geburtstag brachte er mir allerdings einen Strauß roter Rosen und trug mir ein angeblich selbst getextetes Lied vor. Aber das wissen Sie ja schon.« Sie unterbrach sich für einen Moment. »Ja, und deshalb dachte ich mir auch nichts weiter dabei. Ich meine, man schenkt doch niemandem rote Rosen und singt ihm etwas vor, wenn man ihn nicht liebt. Doch stellen Sie sich vor, auf einmal hatte er am darauffolgenden Samstagabend auch keine Zeit für mich. Angeblich musste er auf eine Familienfeier. Ich wunderte mich ein wenig, weil er mich sonst immer dorthin mitnahm, aber dennoch hegte ich keinen Verdacht.« Marianna schluckte schwer. »Ein paar Tage später erzählte mir meine Freundin, sie hätte Freddy zusammen mit Ina in einem Club getroffen. Sie standen wohl Arm in Arm zusammen. Die Situation war eindeutig.« Sie zog ein Taschentuch hervor und wischte sich die Tränen ab. »Trotzdem wollte ich es erst nicht glauben. Ich schrieb ihm eine Nachricht und fragte, wie die Feier war. Er antwortete erst Stunden später, was ich schon seltsam fand, doch auch das versuchte ich mir noch schönzureden. Vielleicht hatte er eine Menge zu tun, da er ja den ganzen Samstag bei der Familie verbracht hatte. Also beschloss ich, ihn direkt darauf anzusprechen.«

»Das war sehr mutig von dir, Marianna.«

»Ich konnte den Gedanken einfach nicht ertragen, dass er eine andere hatte. Noch dazu diese eingebildete Pute! Wir haben sie mal gemeinsam über einen Freund kennengelernt. Sie war damals noch mit Pierre zusammen, ihrem ehemaligen Austauschschüler aus Frankreich.«

»Hat er dann alles zugegeben, als du ihn direkt konfrontiert hast?«

Marianna schüttelte heftig den Kopf. »Nein, natürlich nicht. Es sei ganz anders gewesen. Er sei nach der Familienfeier noch in einen Club gegangen und habe Ina dort zufällig getroffen. Rein freundschaftlich habe er einmal den Arm um sie gelegt. Da sei doch schließlich nichts dabei.«

Ärger stieg in mir auf, und ich spürte, dass ich noch daran arbeiten musste, eine professionelle Distanz zu meinen Patienten zu wahren. Es war nicht leicht, auf Dauer eine neutrale Beraterin zu sein, die ihre Gefühle im Zaum hielt. Ich atmete ein paarmal tief ein und aus, dann hatte ich mich wieder unter Kontrolle.

»Hast du ihn jemals gefragt, warum er dich nach seinem Familienfest nicht sehen beziehungsweise nicht in den Club mitnehmen wollte?«

»Nein, habe ich nie. Ich habe mich nicht getraut, aus Angst, er würde Schluss machen.« Marianna spielte mit den Knöpfen ihrer Jacke herum. »Ich wollte mir lieber einreden, dass er die Wahrheit gesagt hatte und alles so bleiben würde wie vorher.« Sie griff nach ihrer Tasse und nahm einen Schluck Tee.

Ich versuchte, das Gesagte nicht zu bewerten. Das hatte ich während meines Studiums bereits gelernt. Eigene Meinungen musste man zurückhalten, auch wenn es schwerfiel. Ich erklärte daher aus psychologischer Sicht: »Es ist ganz normal, dass man sich einen gewünschten Zustand aufrechterhalten möchte. Dazu ist einem jedes Mittel recht. Man lügt sich selbst in die Tasche, um der Wahrheit aus dem Weg zu gehen.«

»Ja, so muss es wohl gewesen sein. Ein paar Wochen später platzte dann aber die Luftblase und somit auch mein Traum. Mein Cousin hatte auf Freddys Schreibtisch einen Brief an Ina entdeckt. Er enthielt dieselben Zeilen wie der, den er an mich geschrieben hatte. Das weiß ich deshalb so genau, weil Jason den Brief heimlich abfotografiert hatte. Sogar das gleiche Lied hatte er – angeblich nur für sie – geschrieben. Jason fand das unmöglich von Freddy und stellte ihn sogar zur Rede. Er gab alles zu, und Jason forderte ihn auf, mir gegenüber die Karten auf den Tisch zu legen.« Sie seufzte. »Das hat er dann auch getan. Manchmal frage ich mich, ob es nicht besser gewesen wäre, er hätte mich belogen, denn die Wahrheit ertragen zu müssen, das ist bis heute wie ein Sturz aus tausend Metern Höhe. Ich habe noch immer das Gefühl zu fallen.«

An der Stelle schaltete sich mein Alarmsystem ein. Ich hatte sie genau da, wo ich sie haben wollte, nämlich an ihrer verwundbarsten Stelle. Nun brauchte ich das Gespräch nur noch auf den »Brief an ihr Leben« zu lenken, den sie daraufhin mit Sicherheit verfasst hatte. Doch musste ich es geschickt anstellen, damit sie mir keine ihrer Regungen und, vor allen Dingen, keine Wahrheit vorenthielt.

»Marianna, gab es irgendwann einen Punkt in dieser schweren Zeit, an dem du das Gefühl hattest, von allen Menschen verlassen zu sein, und das Leben für dich – nun, sagen wir mal – bedeutungslos wurde?« Ich hoffte, sie merkte mir meine Aufregung nicht an, als ich sie erwartungsvoll ansah. Um von mir abzulenken, schenkte ich uns noch einmal Tee nach und holte aus dem Sideboard neben dem Sofa eine Packung Kekse, deren Inhalt ich in eine kleine Glasschale schüttete und auf den Tisch stellte.

»Natürlich habe ich zwischendurch ganz schön den Boden unter den Füßen verloren. Ich fühlte mich haltlos und verlassen. Da habe ich schon das eine oder andere Mal mit meinem Schicksal gehadert.« Sie griff sich einen Keks. »Aber nein, als bedeutungslos würde ich mein Leben nicht bezeichnen. Ich hatte immer Freunde, die für mich da waren, und auch meine Eltern hätten mich nie hängen lassen und werden es auch in Zukunft nicht tun. Das alleine zu wissen, ist verdammt viel wert, das können Sie mir glauben.«

Ich blickte sie nachdenklich an. »Du hast also nie einen Abschiedsbrief an dein Leben geschrieben, sei es aus

Spaß oder Ernst oder einfach nur, um dir mal so richtig Luft zu machen?« Nun hatte ich es doch ganz direkt auf den Punkt gebracht.

Marianna musterte mich aufmerksam. »Hätte ich das denn tun sollen?«

Ich schnappte nach Luft und lachte etwas gekünstelt. »O nein, natürlich nicht! Aber es hätte ja sein können ...« Dann besann ich mich eines Besseren und fuhr fort: »Manchen Menschen hilft es tatsächlich, sich den ganzen Frust von der Seele zu schreiben. Vielleicht solltest du es ja mal versuchen.« Nur tu mir einen Gefallen, fuhr es mir durch den Kopf, und wirf den Brief niemals in die Mülltonne!

Marianna blieb noch fast eine Stunde. Sie erzählte mir von ihren tiefsten Gefühlen und dass sie immer noch nicht über Freddy hinweg war. Sie erklärte mir, dass er vor Kurzem noch einmal bei ihr gewesen sei und versucht hätte, sie zurückzugewinnen, doch das sei für sie schlicht nicht vorstellbar gewesen. Sie würde wohl noch eine Weile daran zu knabbern haben.

Ich bestätigte Marianna, mich in der Woche nach meinen Prüfungen noch einmal mit ihr zusammenzusetzen, und gab ihr als Hausaufgabe mit auf den Weg, sich eine Liste zu erstellen mit all den positiven und negativen Seiten ihres Exfreundes. Dabei komme es nicht nur auf die Quantität an, sondern vielmehr darauf, wie viel Schmerzen die schlimmste seiner negativen Seiten bei ihr verursachte. Konnten seine Vorzüge dies aufwiegen?

Sie sollte außerdem jeden Tag zweimal bewusst an ihn denken und ansonsten aber nicht zulassen, dass er noch zu viel Raum in ihrem Leben einnahm. Das würde vermutlich die schwierigere Übung werden.

Marianna bedankte sich überschwänglich, als sie ging. Wie erfolgreich diese Sitzung wirklich war, würde sich aber erst noch zeigen. In eigener Sache war ich sozusagen keinen Deut vorangekommen. Das heißt, ganz erfolglos war ich nicht. Ich konnte auch weiterhin nach Ausschlussverfahren verdächtige Namen von meiner geheimen Liste streichen.

Wenn ich es mir recht überlegte, blieb da nur ein Name übrig, der als der geheime Verfasser infrage kam. Wie Schuppen fiel es mir von den Augen. Natürlich! Warum war ich nicht schon früher darauf gekommen? Er war sensibel und steckte in der Krise. Er hatte eine Affinität zum geschriebenen Wort. Wie konnte ich das nur übersehen? Außer ganz zu Beginn meiner Spurensuche hatte ich nie an diese Möglichkeit gedacht.

Ich musste mir meiner Sache baldmöglichst sicher werden. Die Angelegenheit erforderte höchstes Fingerspitzengefühl, und ich erbebte innerlich, wenn ich daran dachte, ihm diese alles entscheidende Frage zu stellen.

Zunächst musste ich ihn unbedingt unter vier Augen sprechen. Das war inzwischen gar nicht mehr so einfach, da er nun oft bis spät abends mit Frau Lorenz arbeitete und plante. Die beiden schienen sich gut zu verstehen. Ich lächelte zufrieden darüber, dass ich sie zusammengeführt hatte. Frau Lorenz schien mit Feuereifer ihren neuen Aufgaben nachzugehen. Ich hatte mich für die nächste Woche abends mit ihr verabredet. Wir würden zusammen essen gehen, und sie wollte mir berichten, wie wunderbar sich ihr neues Leben entwickelte und auch, wie es nun dauerhaft bei ihr weitergehen sollte. Ich war noch immer der Meinung, sie müsse dringend eine Therapie machen, um ihr Leben wieder vollständig in den Griff zu bekommen und nicht Gefahr zu laufen, bei der erstbesten Möglichkeit einzuknicken und reuig zu ihrem Mann zurückzukehren. An ihrem Männerbild musste grundsätzlich gearbeitet werden, sonst würde sie früher oder später wieder eine ähnliche Wahl treffen. Das alles musste ich wohldurchdacht und mit Feingefühl vortragen. Ihr meine Hilfe anbieten, nicht als Therapeutin, sondern als Freundin.

Glücklicherweise kannte ich eine gute Psychotherapeutin, die würde ich ihr vorschlagen. Dann würde sie den Sprung in die Selbstständigkeit mit Sicherheit schaffen!

»Du bist wirklich das Letzte, Chris Tegenkamp!« Wütend stapfte Paula von dannen und ließ Chris und mich vor der Tür der Mensa zurück.

»Auweia! Das war dann wohl eine Abfuhr«, meinte ich. »Sie sah ziemlich verärgert aus. Wie hast du denn das geschafft?«

Mit Unschuldsmiene sah er mich an. »Dass Frauen aber auch immer überreagieren müssen! Ich habe mich lediglich mit Saskia getroffen, um den anstehenden Kurs bei Professor Heim zu besprechen. Dazu haben wir ein Gläschen Wein getrunken. Ich konnte ja nicht ahnen, dass Paula mit ihrer Freundin hereinspazieren würde. Sie geht sonst nie in den *Havanna-Club*. Eigentlich wollte sie an dem Abend ins Kino. So langsam habe ich das Gefühl, sie hat mir nachspioniert.«

»Kann es vielleicht sein, dass du schon wieder ein neues Eisen im Feuer hast, Chris Tegenkamp? Ich meine, ganz grundlos wird Paulas Gefühlsausbruch ja auch nicht gewesen sein. Sicherlich saht ihr beide nicht aus wie eine kleine pflichtbewusste Lerngruppe, oder?« Ich kniff ihn in die Seite.

»Du kannst mir glauben, Lucy, wir haben wirklich nichts Verbotenes getan. Okay, Saskia ist echt attraktiv, und Grips hat sie auch. Wenn ich Single wäre, dann …« Sein Mund verzog sich zu einem listigen Grinsen.

»Ja, was dann? Spuck es endlich aus!«

»Dann hätte ich mich gestern ganz anders ins Zeug gelegt. Aber diese dumme Pute Mara hat Paula den Floh ins Ohr gesetzt, ich würde mit jeder rummachen.«

»Und stimmt das nicht auch ein kleines bisschen?«, foppte ich ihn und hob abwehrend meine Hände über den Kopf, weil ich mit einem Gegenangriff rechnete.

In seinem Blick lag Entrüstung und Schalk zugleich. Er verschränkte die Arme vor seiner Brust und fixierte mich. »Mit dir habe ich zum Beispiel noch nichts angefangen.« Er hob fragend die Augenbrauen. »Hätte ich denn eine Chance bei dir?«

»Zufällig habe ich schon einen anderen Bewerber.«

»Ach ja, ich vergaß, dein Kolumbianer!« Chris legte den Kopf schief und sah mich forschend an. »Trotzdem bist du meiner Frage ausgewichen – ein taktisch cleverer Zug einer durch und durch leidenschaftlichen Psychologin.«

»Danke, danke. Wenigstens einer, vor dem ich meine Gesinnung nicht verbergen muss.«

»Heißt das etwa, Fernando weiß nicht, wie arbeitswütig du bist? Und wie schwer es dir fällt, dich nicht in das Schicksal anderer zu verstricken?« Chris lachte laut auf. »Nun ja, ich nehme mal an, er wird dich schon noch kennenlernen!«

»Davon ist auszugehen«, antwortete ich amüsiert. Ich hakte mich bei ihm unter. »Komm, lass uns die anderen suchen. Wir müssen mit unserer Lerngruppe wirklich mal vorankommen, sonst werden wir bei der Prüfung ganz schön alt aussehen.«

»Das schaffe ich garantiert auch so. Habe nach der vergangenen Nacht mindestens zwei neue Fältchen entdeckt. Aber ist ja auch kein Wunder. Frauen kosten einen eben nicht nur den letzten Nerv, sondern auch das strahlend jugendliche Antlitz!«

»Nur gut, dass ich nicht eine deiner Bräute bin.« Lachend machten wir uns auf den Weg in die Bibliothek.

14

Der Regen hatte mich voll erwischt. Ich hatte meinen Schirm vergessen und lief nun eilends die Straße hinunter, die Jacke über den Kopf gezogen, und machte erst halt vor der kleinen Buchhandlung im Westen. Ich schüttelte die Regentropfen aus meinem Haar und streifte die Schuhe auf der Fußmatte ab. Als ich den Laden betrat, ertönte eine Klingel.

Ich sah mich um und entdeckte Frau Lorenz, die gerade einige Bücher aus einem Karton in ein Regal einräumte. Sie sah besonders hübsch aus in dem Blumenkleid und dem dazu passenden dunkelblauen Bolerojäckchen. Ihre blonden Locken kamen so noch weit besser zur Geltung. Sie bemerkte mich zuerst nicht – wahrscheinlich hatte sie das Klingeln nicht gehört. Ich hüstelte verlegen, weil ich sie nicht erschrecken wollte.

Freudige Augen strahlten mich an, als sie mich erkannte.

»Liebste Frau Gold, wie schön, Sie hier zu sehen!« Sie vollführte mit ihrem Arm eine ausladende Geste. »Schauen Sie sich nur um. Hier hat sich viel getan in den letzten Tagen.« Sie deutete mit ausgestrecktem Arm auf die gemütliche Sitzecke, zur einen Hälfte für Kinder, zur anderen für Erwachsene. Auf einem Beistelltischchen standen eine Kanne Kaffee und mehrere Tassen. Für die Kinder gebe es Früchtetee, erklärte Frau Lorenz fröhlich.

»Sie glauben gar nicht, wie gut unsere Aktionen angenommen werden! Auch die neuen Öffnungszeiten werden bereits regelmäßig genutzt.«

Tatsächlich bemerkte ich einige Kunden, die es sich gerade in der Kaffee-Ecke bequem machten. »Das ist wirklich toll!«, meinte ich beeindruckt. »Sieht nach einer Menge Arbeit aus, die sich gelohnt hat und deren Mühen sich über kurz oder lang sicher bezahlt machen.«

»Wollten Sie eigentlich zu mir oder zu Linus?«, fragte Frau Lorenz neugierig. »Linus – er ist übrigens wirklich ein Schatz – ist gerade beim Bäcker und besorgt uns ein Mittagessen.«

Ein merkwürdiges Gefühl begann sich in mir auszubreiten, als ich registrierte, dass Frau Lorenz und Linus Liebig ganz offensichtlich sehr gut miteinander konnten. Auch, dass sie sich jetzt schon beim Vornamen nannten, versetzte mir einen Stich. Duzten die beiden sich etwa schon? Na ja, es konnte mir sowieso egal sein, da Linus und ich inzwischen auch zum Du übergegangen waren. Ich rügte mich innerlich und versuchte mir einzureden, dass es doch wunderbar war, die beiden Schicksale in pragmatischer Weise zusammengeführt zu haben.

Frau Lorenz riss mich aus meinen Gedanken. »Wollten Sie nun zu Linus, oder kann ich noch irgendetwas für Sie tun?«

»Ja, ich möchte tatsächlich gerne noch ein Buch bestellen. Es handelt sich um einen dicken Psychologiewälzer – ich nehme nicht an, dass er vorrätig ist.« Ich streckte Frau Lorenz einen Zettel mit Titel und Name des Autors entgegen. Sie begab sich zielsicher an den Computer und gab die Informationen ein. Ein freudiges

Lächeln breitete sich um ihren Mund herum aus. »Er ist noch vorrätig und kann bis morgen Nachmittag geliefert werden.«

»Das ist großartig. Ich schaue dann einfach morgen Abend vorbei.« Ich reichte ihr die Hand.

»Ja, bis morgen dann. Soll ich Linus Grüße ausrichten?«

Ich zögerte. »Ähm, ja, das wäre nett. Ich melde mich vielleicht mal heute Abend bei ihm.«

»Oh, heute Abend wird er wohl nicht zu Hause sein.« Sie begann zu flüstern: »Stellen Sie sich vor, wir sind nämlich verabredet! Er hat mich ins *Amadeus* eingeladen.«

»Ach, wie schön! Das ist ja eine nette Geste von Linus.« Mein Mund fühlte sich trocken an, und ich hatte das Gefühl, nur noch zu funktionieren.

»Wissen Sie, Frau Gold, ich habe das erste Mal seit Langem wieder das Gefühl zu leben. Und nun habe ich sogar noch ein richtiges Date.« Sie lachte. »Und dann auch noch mit meinem Chef! Was könnte mir Besseres passieren?«

Ein weiteres Mal musste ich schlucken. Eine völlig unbegründete Eifersucht stieg aus meinem tiefsten Inneren herauf und wollte sich Platz schaffen. Ich brachte gerade noch ein »Auf Wiedersehen« über die Lippen, dann drehte ich mich abrupt zur Tür und verließ den Laden.

Ich joggte durch den Park. Der Regen hatte nachgelassen und hinterließ einen angenehmen Grasgeruch. Da ich sowieso schon bis auf die Knochen nass war, konnte ich auch gleich noch mein heutiges Sportprogramm abspulen. Ich machte ein paar Kniebeugen und Hampelmänner. Nach einigen Minuten ließ ich mich völlig erschlagen auf eine Bank fallen, die vom Regen ganz nass war. Ich fuhr mit den Händen über meine Oberschenkel. Dabei wurde mir schmerzlich bewusst, dass sie nicht zierlich und straff waren wie die von Zwanzigjährigen aus den Modezeitschriften und dass auch ein erhöhtes Trainingsprogramm daran nichts ändern würde. Ich sah Frau Lorenz vor mir. Hübsch und schlank, mit Beinen, die sich sehen lassen konnten. Wenn mich jetzt irgendjemand hätte sehen können, er hätte gewusst, dass ich wirklich verzweifelt war. Bekümmert über meine Gedanken, aber auch getrieben von einem ungesunden Ehrgeiz, sprang ich auf und forderte mir das letzte bisschen Energie ab. Ich hüpfte auf und ab, wurde immer schneller, keuchte und hechelte wie eine Dampfwalze und schrie wie eine Irre, als ob das irgendetwas ändern würde. Zum Glück war weit und breit niemand zu sehen. Kein Wunder bei dem Wetter. Wer außer mir hatte da schon Lust, draußen spazieren zu gehen, geschweige denn Sport zu treiben? Ich stieß mich noch einmal aus voller Kraft vom Boden ab und setzte zu einem gewagten Sprung an. Dabei übertrieb ich es so, dass ich bei der Landung die Kontrolle verlor und meinen Fuß umknickte. Ich verlor das Gleichgewicht und rollte ins nasse Gras. Mit schmerzverzerrtem Gesicht umklammerte ich meinen Knöchel und fluchte, was das Zeug hielt. Das war nun also die Strafe für meine eifersüchtigen Gedanken. Es war von vorne bis hinten albern, und ich hatte es nicht anders verdient!

Das Auftreten war äußerst schmerzhaft. Ich hoffte, dass ich es noch bis nach Hause schaffte.

Als ich endlich den Schlüssel in meine Wohnungstür steckte und in den Flur trat, ließ ich Jacke und Tasche fallen und humpelte ins Bad, wo ich mich sogleich unter eine heiße Dusche stellte. Ich genoss das heiße Wasser auf meiner Haut und versuchte, den höllischen Schmerz im Fuß zu ignorieren. Es gelang mir nicht so recht, und als ich endlich abgetrocknet war und in meinem Jogginganzug steckte, wusste ich, dass es sich nicht einfach nur um einen verknacksten Knöchel handelte. Die Schwellung war deutlich zu sehen und ein Auftreten so gut wie gar nicht mehr möglich.

Ich kochte mir eine Tasse heißen Tee und schleppte mich zum Sofa, wo ich mein Bein auf einen Stapel Kissen hochlegte. Meine Gedanken kreisten dennoch nicht alleine um meinen verletzten Fuß, sondern wurden immer wieder von Bildern von Linus verdrängt. Vor meinem geistigen Auge sah ich Frau Lorenz und ihn im *Amadeus* sitzen und Händchen halten. Ich schalt mich eine Närrin und ärgerte mich über meine Unbeherrschtheit. Doch die Szenen mit den beiden verfolgten mich weiterhin. Da griff ich zum Telefon. Ich würde hier nicht den restlichen Abend alleine herumsitzen. Ich wählte Fernandos Nummer. Zum Glück ging er auch gleich ran. Ich erzählte ihm von meinem Unfall und wie ich mich vom Park bis nach Hause geschleppt hatte. Er schimpfte mit mir und meinte, ich sei unverantwortlich mit meiner Gesundheit umgegangen. Er werde sich gleich in die Bahn setzen und zu mir fahren. Ich solle ruhig liegen bleiben und nichts Unvernünftiges tun.

Fernando schaute mich besorgt an, als ich ihm die Tür öffnete, und legte sofort seinen Arm um mich, um mich zu stützen. Gemeinsam humpelten wir zum Sofa zurück, wo er sich meinen Knöchel genau ansah.

»Tja, ich fürchte, wir müssen in die Krankenhaus fahren.« Obwohl er so ernst dreinschaute und die Schmerzen fast unerträglich waren, musste ich wieder einmal schmunzeln über sein nicht ganz fehlerfreies Deutsch.

»Ich werde eine Taxi rufen.«

Ich musste ziemlich zerknirscht dreingeschaut haben, denn er kam sofort nach dem Anruf zu mir und legte seinen Arm schützend um mich.

»Mach dir keine Sorgen, ich komme mit und werde die ganze Zeit über bei dir bleiben.«

Ich sah ihn dankbar an. Irgendwie war es beruhigend, das alles nicht alleine durchstehen zu müssen.

Als wir nach anderthalbstündigem Warten in der Notaufnahme endlich an die Reihe kamen, hatte ich mich schon längst damit abgefunden, dass ich die nächsten Wochen mit Gipsbein zubringen durfte. Dennoch grübelte ich permanent darüber nach, wie sich meine nahe Zukunft gestalten würde und wie ich mich in dieser anstrengenden Zeit am besten organisieren müsste. Zur Uni würde ich mit Krücken zwar noch irgendwie kommen, aber größere Ausflüge wie zu meiner Cousine oder in Linus' Buchhandlung wären schwerlich in die Tat umzusetzen. Ich ärgerte mich und spürte, wie meine Kehle bei dem Gedanken daran ganz trocken wurde.

Wie zu erwarten war, stellte der Arzt eine Knöchelfraktur fest. Nach seiner Aussage hatte ich aber großes Glück gehabt. Eine Operation sei nicht nötig, da es sich um einen glatten Bruch handele. Ein zynisches Lächeln umspielte meine Lippen. Glück im Unglück nennt man so was.

Ich bekam sofort einen Gipsverband aufgetragen, dann drückte man mir zwei Krücken in die Hand, gab mir hierzu ein paar kurze Erläuterungen, und nachdem ich einige unsichere Schritte gewagt hatte, verließen Fernando und ich die Klinik.

Mein neuer Alltag gestaltete sich schwieriger als gedacht. Man realisierte die immense Bedeutung eines Körperteils erst, wenn er nicht mehr funktionsfähig war. Schon das morgendliche Anziehen war eine kleine Katastrophe. Mal eben schnell zum Bäcker springen und ein paar leckere Brötchen holen war auch nicht drin. Ich musste mich die nächsten Wochen wohl mit Müsli abfinden.

Fernando kam jeden Tag vorbei, kaufte für mich ein und kochte abends für uns. Mit seiner liebevollen Art und seinen leckeren Menüs konnte er mich wirklich überzeugen. Männer, die kochen konnten, hatten mich schon seit jeher beeindruckt, und er schaffte es damit, meine letzten Zweifel, die sich hinsichtlich einer Beziehung mit ihm in meinem Kopf festgesetzt hatten, aus dem Weg zu räumen.

Als er das erste Mal bei mir übernachtete, hatte ich

noch ein bisschen Sorge, dass er mehr von mir verlangen würde, als ich bereit war zu geben. Doch er machte keinen Druck. Wir lagen eng beisammen, umarmten und küssten uns und erzählten und hörten einander zu. Wir sprachen viel über Südamerika. Er wolle mich unbedingt einmal nach Kolumbien mitnehmen. Ich solle seine Familie und seine Freunde kennenlernen. Die Vorstellung machte mich ein wenig nervös. Trotzdem war ich unendlich froh, dass er da war und mir in dieser nicht ganz einfachen Zeit helfend zur Seite stand. Genau so musste eine Beziehung sein, dachte ich. Eine solide Grundlage und eine tiefe Freundschaft mussten vorangehen, damit sie überhaupt Bestand hatte.

Inzwischen war es auch an der Zeit, meinen Freunden reinen Wein einzuschenken. Sie sollten ruhig wissen, dass es mehr war zwischen uns als eine platonische Freundschaft. Chris war am wenigsten überrascht. Er hatte damit sowieso schon gerechnet, seit er uns an der Uni öfter zusammen gesehen hatte. Giulia freute sich überschwänglich für mich. Sie wollte alles bis ins kleinste Detail wissen. Nebenbei erzählte sie mir dann natürlich auch von ihrem Liebesglück. Mit ihrem Chef hatte sich alles bestens entwickelt. Nachdem sie sich am vergangenen Wochenende ein zweites Mal getroffen hatten, waren sie sich nähergekommen, und Giulia schwärmte davon, dass sie nun – wenn auch inoffiziell – zusammen waren. Timo meinte, es sei nicht ratsam, das Privatleben in die Öffentlichkeit zu tragen. Außerdem hatte er Bedenken, dass die anderen Mitarbeiter und Mitarbeiterinnen sich benachteiligt fühlen könnten. Und wo er recht hatte, hatte er recht, befand Giulia. Sie gab sich gerne damit zufrieden, Hauptsache, sie konnte ihren Gefühlen endlich freien Lauf lassen. Verliebt zu sein, war doch das Schönste, was es gab!

Fernando half mir in den Mantel und trug meine Tasche, als wir das Haus verließen. Heute standen die Prüfungen an, auf die wir uns schon seit Wochen vorbereitet hatten.

Wir setzten uns auf zwei freie Plätze des Seminarraums und warteten auf die Prüfungsunterlagen, die uns auch sofort ausgeteilt wurden. Wir hatten zwei Stunden Zeit. Ich überflog die Seiten zunächst flüchtig. Es fing genauso an, wie ich es mir erhofft hatte. Die ersten Fragen konnte ich problemlos lösen. Danach wurde es deutlich schwieriger. Ich rang meine Hände und spürte den feuchten Schweiß, der sich auf ihnen bildete. Ich hatte nicht genügend Zeit gehabt, mich mit allen wichtigen Büchern der Klinischen Psychologie intensiv zu befassen. Aber das ging vermutlich allen Studierenden so. Ich betete, die Fragen richtig beantworten zu können. Diese Prüfung durfte ich nicht vermasseln!

Als ich nach knapp zwei Stunden abgab, blieb ein ungewisses Gefühl in mir zurück. Ich würde die Ergebnisse abwarten müssen – da half kein Jammern und Klagen.

Wir übten gerade Deutsch. Das war das Mindeste, was ich Fernando als Gegenleistung Gutes tun konnte. Wir hatten schon vor meiner Verletzung damit angefangen, und er lernte erstaunlich schnell. So waren wir schon bei der diffizilen deutschen Grammatik angekommen. Ich hatte mir aus dem Internet einige nützliche Kopien zum Thema Kasus heruntergeladen und legte sie Fernando vor. Um die Sache noch anschaulicher zu machen, hatte ich auf dem Tisch einige Gegenstände platziert, die ich dann für die entsprechenden Übungen verschob und mir die dazu passenden Dativsätze von Fernando sagen ließ. Er hatte das Prinzip rasch verstanden. Ich ließ ihn gerade noch einen Lückentext ausfüllen, als es an der Tür klingelte. Da ich mit Gips garantiert länger brauchte, ging Fernando öffnen. Ich vernahm Linus' Stimme. Er wirkte überrascht, mich nicht persönlich anzutreffen.

»Oh – guten Abend. Ich bin Linus Liebig. Ich wohne ein Stockwerk unter Lucy. Entschuldigen Sie bitte, ich wusste nicht, dass sie Besuch hat, sonst hätte ich ein anderes Mal vorbeigeschaut.«

»Lucy hat eine gebrochenes Bein. Ich mich kümmere um sie, bis sie wieder selbstständig sein kann.« Es entstand eine kleine Pause, dann fuhr Fernando fort: »Soll ich die Lucy etwas ausrichten?«

Linus schien kurz zu überlegen. »Ach ja, mir fällt ein, sie hat ein Buch bei mir bestellt. Nachdem sie aber jetzt so beeinträchtigt ist, könnte ich es ihr in den nächsten Tagen auch gerne vorbeibringen. Dann muss sie sich nicht extra in den Laden bemühen.«

»Danke, das sage ich sie gerne.«

»Ach ja, hier! Den Kuchen soll ich Lucy geben. Er ist von Veronica, ich meine, von Frau Lorenz. Sie hat ihn extra für Lucy gebacken, weil sie sie so tatkräftig unterstützt hat. Wir haben ihn sogar gerade noch gemeinsam dekoriert.«

Meine Neugier war so groß geworden, dass es mich kaum noch auf dem Sofa hielt. Doch gerade als ich mich erhob und nach meinen Krücken griff, hörte ich, wie die beiden sich verabschiedeten und sich kurz darauf die Wohnungstür schloss.

Ich ließ mich mit einem Seufzer zurück in die Kissen sinken. Meine Neugier war mit einem Mal wie weggeblasen. Nein, ich wollte den Kuchen nicht sehen, den Frau Lorenz für mich gebacken und bei dem Linus ihr noch geholfen hatte. Es tat weh, mir vorzustellen, dass sie wieder viel mehr Zeit mit ihm verbracht hatte als ich. Ich ermahnte mich selbst zur Vernunft und Nachsicht. Ich sollte dankbar sein und mich freuen, statt Trübsal zu blasen und Eifersüchteleien einen Nährboden zu bieten. Ich hatte schlichtweg überhaupt keinen Grund dazu. Linus Liebig war mein Nachbar, nichts weiter. Und außerdem hatte ich jetzt ja einen Freund, und zwar Fernando. Ich schenkte ihm einen liebevollen Blick, als er den Kuchen vor mir auf dem Couchtisch abstellte und den Deckel herunternahm: *Für die liebe Lucy* stand in bunter Lebensmittelfarbe auf dem Schokoladenkuchen. Ein rotes Herz aus Zuckerguss war darunter angebracht. Sofort überkam mich mein schlechtes Gewissen. Schäm dich, Lucy!, rügte es mich. Sieh nur, wie viel Mühe sie sich gegeben haben.

Ich brach mir ein Stück vom Rand ab und stellte fest, dass der Kuchen ausgezeichnet schmeckte. Nun ja, mit dem Abnehmen würde es jetzt sowieso erst mal nichts werden. Ich entschied mich also dafür, mich schon mal auf die kalte Jahreszeit vorzubereiten und anzufangen, mir einen dicken Winterspeck anzufressen. So hätte ich im Frühjahr dann wirklich einen triftigen Grund, mein Sportprogramm bis ins Kleinste auszureizen. Fernando beugte sich zu mir herab und gab mir einen Kuss. Was war ich doch für ein Glückskind!

15

Ich war gerade im Begriff, einbeinig in der Küche zu hantieren, und überlegte mir nebenbei, ob ich lieber ein Gläschen Wein trinken oder mir eine Kanne Tee aufbrühen wollte. Ich ließ die Vernunft walten und entschied mich für den Tee. Wenn schon kein Sport, dann doch wenigstens gesunde Ernährung – das zumindest wollte ich mir einreden.

Kaum hatte ich meinen Teebeutel mit dem kochenden Wasser überbrüht, da klingelte es wieder einmal an der Tür. Da Fernando nicht da war, musste ich es selbst schaffen, bis zur Tür zu hüpfen. Inzwischen hatte ich schon etwas Übung darin.

Ich öffnete und stützte mich am Türrahmen ab. Linus stand draußen und sah mich etwas mitleidig an.

»Brauchst du Hilfe?«, fragte er und streckte mir sein Mitbringsel entgegen.

»Oh, wie lieb von dir. Tausend Dank, dass du mir das Buch vorbeigebracht hast.« Auf seine Frage meinte ich: »Ich fürchte, derzeit komme ich nicht drum herum. Aber ich versuche trotzdem mein Bestes, eine gute Gastgeberin zu sein, also willst du nicht hereinkommen? Du könntest mir beim Teetrinken Gesellschaft leisten.«

Ich war selbst überrascht, wie offensiv ich vorging. Als Linus dann aber eintrat, wurden meine Knie weich, und das war ein ziemliches Problem, weil ich ja nur auf einem Bein stand. »Die besten Partys finden in der Küche statt«, sagte ich mit einem Augenzwinkern und bot ihm einen Platz an meinem kleinen Küchentisch an.

»Ja, Küchen haben tatsächlich etwas Gemütliches.«

Ich stellte noch eine zweite Tasse hin und goss uns beiden ein.

»Du hast mir noch gar nicht erzählt, wie das passiert ist.« Linus deutete auf meinen Gips. »Doch nicht etwa ein Fahrradunfall?«

»Nein, kein Fahrradunfall. Viel schlimmer!« Aber das konnte ich ihm auf keinen Fall in voller Wahrheit berichten: *Aus Eifersucht kombiniert mit Abnehmwahn die Kontrolle komplett verloren!* Stattdessen sagte ich: »Ist im Park passiert – bin beim Joggen umgeknickt!« Das klang doch schon wesentlich plausibler und war auch nicht gelogen.

»Und dein Freund ist heute nicht da?«, wollte Linus wissen. Es versetzte mir einen leichten Hieb, als Linus Fernando als meinen Freund titulierte. Andererseits war es auch gut so. Er sollte nicht denken, ich liefe ihm hinterher, noch dazu, wo er seine Angel vielleicht schon längst nach einem anderen Fisch ausgeworfen hatte.

Ich ließ ihn also in dem Glauben. »Nein, er hat morgen eine wichtige Prüfung und muss sich heute noch intensiv vorbereiten.«

»Das heißt, heute kümmert sich niemand um dich?«

Ich schüttelte den Kopf.

»Kann ich also etwas für dich tun, wenn ich schon mal hier bin?«

Ich musste verdammt noch mal versuchen, nun keinen sehnsüchtigen Hundeblick aufzusetzen, sonst würde

Linus womöglich noch Lunte riechen. Also lächelte ich und bedankte mich artig.

Linus übernahm das Wort. »Eigentlich bin ich nicht nur wegen des Buches gekommen. Ich wollte dir auch mitteilen, dass Veronica und ich dich zu uns zum Essen einladen wollen.«

Er sagte »uns«. Ein schwerer Kloß machte sich in meinem Hals breit, und ich nahm einen großen Schluck Tee, um ihn hinunterzuspülen.

Linus schien es nicht zu bemerken und redete einfach weiter. »Ja, uns schwebt vor, etwas ganz Besonderes für dich zu kochen.« Etwas leiser werdend fügte er hinzu: »Du bist schließlich auch etwas Besonderes!« Er sah ein wenig verlegen aus, und dann fragte er plötzlich: »Hat dir unser Kuchen eigentlich geschmeckt?«

O mein Gott, wie unhöflich war ich denn eigentlich? Ich hatte mich noch nicht einmal bei ihm bedankt. Ich beeilte mich, den Kuchen in den höchsten Tönen zu loben.

»Tausend Dank! Er ist absolut lecker, und ich habe auch immer noch ein Riesenstück übrig. Magst du vielleicht eines?«

»Nun ja, ich würde schon gerne mal probieren. Aber bitte bleib sitzen. Ich mache das!«

Während Linus sich am Kühlschrank zu schaffen machte, erklärte ich ihm, wo er Teller und Besteck fand. Ich ertappte mich dabei, jede seiner Bewegungen minuziös zu beobachten. Er bewegte sich souverän und geschmeidig zugleich. Dabei strahlte er eine gehörige Portion Männlichkeit aus. In der Luft lag sein herbes

Aftershave, und ich bemerkte, wie anziehend es auf mich wirkte.

Während wir den Kuchen aßen, unterhielten wir uns noch eine Weile über die Buchhandlung. Erste Erfolge hatten sich schon abgezeichnet. Wenn es so weiterging, sei ein Konkurs vielleicht noch abzuwenden.

Ich war mehr als erleichtert, das zu hören, und war, zugegeben, auch ein bisschen stolz auf mich selbst.

Wir legten das Datum für die Essenseinladung auf übernächste Woche fest. Mit etwas Glück wäre ich bis dahin meinen Gips schon wieder los. Das würde vieles einfacher machen.

Als mein Nachbar gegangen war, fühlte ich mich auf seltsame Art zerrissen. Meine Gedanken kreisten um Linus, doch zugleich zwang ich mich, mich auf Fernando zu konzentrieren. Er war es schließlich, der die ganze Zeit für mich da war, der mich umsorgte und liebte. Schlag dir Linus Liebig aus dem Kopf, ermahnte ich mich selbst. Er scheint gerade der Rettungsanker für Frau Lorenz zu sein. Ich sollte mehr an ihr Glück denken als an meines. Das hatte sie, nach dieser schlimmen Zeit in ihrer Ehe, wirklich verdient.

Seit Frau Lorenz das Haus offiziell verlassen hatte, war ich ihrem Mann nur ein einziges Mal begegnet. Er trug gerade einen Kasten Bier nach oben, als ich ihm entgegenkam. Auf einen freundlichen Gruß meinerseits grüßte er nur muffig zurück. Trotzdem fragte ich, wie es ihm gehe, und da polterte er plötzlich los: »Dieses Miststück von Veronica hat mich doch tatsächlich sitzen lassen. Kommt seit Wochen nicht mehr nach Hause und schickt keine Nachrichten. Was ist das für eine undankbare Ehefrau, die nicht zu schätzen weiß, was ich tagtäglich alles für sie tue.« Er schnaubte schwer. »Die braucht sich hier nicht mehr blicken zu lassen! Ich kann gut auf sie verzichten!«

Ich wagte nicht, ihm klarzumachen, dass Frau Lorenz auch gar nicht beabsichtigte, je wieder zu ihm zurückzukehren, und dass sie inzwischen bestens ohne ihn zurechtkam. So murmelte ich nur ein leises: »Tut mir leid!«, und versuchte auf der Treppe an ihm vorbeizukommen. Wider Erwarten hielt er mich am Ärmel fest und fixierte mich mit einem angriffslustigen Blick. »Sie wissen nicht zufällig, wo sie ist?« Sein Gesicht war zum Greifen nahe. Sein Atem roch nach Alkohol. Mir wurde übel, nicht nur wegen des Geruchs. Was sollte ich antworten? Ich fühlte mich unter Druck. Gleichzeitig wusste ich, dass ich Frau Lorenz' neuen Wohnort auf keinen Fall preisgeben durfte. Ich entschloss mich also zu einer Lüge.

»Es tut mir wirklich leid, aber ich habe keine Ahnung!« Ich war mir nicht sicher, ob er mir das abnahm. Doch gab ich ihm unmissverständlich zu verstehen, dass ich nun dringend aus dem Haus müsse.

Er ließ mich los, und ich humpelte an ihm vorbei die Treppe hinunter. Ich nahm mir fest vor, baldmöglichst Linus und Frau Lorenz zu informieren, damit sie entsprechend Vorsicht walten ließen, besonders wenn Frau Lorenz wieder unser Haus betrat. Und das würde wohl spätestens übernächste Woche der Fall sein, wenn wir drei unseren gemeinsamen Abend verbringen wollten.

Es war sehr leichtsinnig von ihr, dachte ich, überhaupt herzukommen. Sie sollte sich unbedingt vorsehen!

Tante Emi und Lilly besuchten mich am Donnerstagnachmittag. Emi wollte noch einige Einkäufe machen – unter anderem Lillys Geburtstagsgeschenk besorgen – und bat mich, auf ihr Töchterchen aufzupassen.

Wir spielten zunächst einige Runden Mau-Mau, doch dann quengelte Lilly, sie wolle unbedingt noch auf den Spielplatz, auf dem wir das letzte Mal gewesen seien und wo sie das nette Mädchen mit dem hübschen Namen, der so ähnlich klang wie ihr eigener, kennengelernt habe.

Ich kramte den abgerissenen Zettel mit der Telefonnummer aus meiner Jackentasche und rief an. Die alte Dame war zu Hause, und wie es der Zufall so wollte, war ihre Enkeltochter gerade auf Besuch bei ihr.

Wir verabredeten uns auf dem Spielplatz. Mir war aber nicht ganz wohl bei der Sache, wenn ich daran dachte, dass ich mit Krücken unterwegs auch noch auf Lilly aufpassen musste.

Da kam mir eine Idee. Ich schickte Lilly nach unten und ließ sie bei Herrn Lohmeier klingeln. Sie sollte ihn fragen, ob er mit uns auf den Spielplatz wollte. Sie erzählte ihm natürlich auch brühwarm, dass Frau Petzold, die alte Dame vom letzten Mal, ebenfalls mit ihrer Enkeltochter kommen würde.

Mit leuchtenden Augen kehrte Lilly zu mir zurück und berichtete mir ausführlich. Herr Lohmeier sei in fünf Minuten abmarschbereit. Wir zogen uns also schnell an und machten uns auf den Weg. Herrn Lohmeier mitzunehmen wäre sicherlich nicht nur im Hinblick auf Lillys Sicherheit eine gute Sache. Ich dachte daran, wie hervorragend sich die beiden alten Leute vor einigen Wochen unterhalten hatten. Manche Zufälle waren eben keine Zufälle!

Der Nachmittag verging wie im Flug. Ich schrieb meiner Tante eine Nachricht, dass wir unterwegs seien, aber uns demnächst auf den Heimweg machten. Den beiden Mädchen fiel es schwer, sich zu verabschieden. Sie wollten sich unbedingt bald wiedersehen, und Lilly versprach ihrer neuen Freundin Lizzy, sie zu ihrem Kindergeburtstag einzuladen.

Auf dem Nachhauseweg fiel mir wieder auf, wie müde und abgeschlagen Lilly aussah. Sie hatte sich wirklich sehr verausgabt, und vermutlich würde sie in dieser Nacht wie ein Stein schlafen. Kinder brauchten eben frische Luft, und zwar bei Wind und Wetter. Zum Glück gab es jetzt immer noch schöne Sommertage im August, und die Leute liefen nach wie vor mit kurzen Hosen, Röcken und T-Shirts herum, während sie das Leben draußen in der Natur genossen, durch die City flanierten oder sich in einem der vielen einladenden Biergärten der Stadt niederließen.

Auch mich hatte der Nachmittag angestrengt, aber es war eine angenehme Müdigkeit. Das Gefühl, aktiv gewesen zu sein und dazu meine Zeit mit netten Menschen verbracht zu haben, machte mich zufrieden.

Meine Eltern waren noch immer tief besorgt wegen meiner Verletzung, und gerade meine Mutter kam ständig vorbei, um mir bei diesem oder jenem Handgriff zur Seite zu stehen.

Sie schickte meinen Vater zu einem Großeinkauf, während sie selbst mein Bad putzte und die Wohnung saugte. Zugegeben, für diese Art der Hausarbeit war ich in meinem derzeitigen Zustand noch viel weniger geschaffen als sonst, und ich ließ es mir nicht zweimal sagen, wenn meine Mutter mir hier Hilfe anbot.

Im Anschluss aßen wir noch den letzten Rest von Linus' Kuchen – ich wusste natürlich, dass die meiste Arbeit damit hauptsächlich Frau Lorenz gehabt hatte, aber ich ignorierte diese Tatsache schlicht und ergreifend, weil ich die Vorstellung, ein Geschenk von Linus bekommen zu haben, der Realität vorzog. Ob er das Zuckergussherz darauf drapiert hatte?

Nach dem Besuch meiner Eltern war jedenfalls nichts mehr davon übrig. Ich stopfte mir die letzten Krümel in den Mund und wusch die Kuchenplatte ab. Würde ich ihn noch vor der Einladung wiedersehen? Und wie würde ich damit umgehen, dass Frau Lorenz den Platz einer Hausfrau an seiner Seite einnahm, zumindest an dem bevorstehenden Abend?

Ich brauchte Ablenkung, und ich hatte zugleich das Bedürfnis, ein gutes Buch zu lesen, das mir meine eigenen Fragen in einem anderen Licht erscheinen ließ. Ich kramte eines meiner Lieblingsbücher über die Liebe von Peter Lauster heraus – zwischendurch hatte ich auch einfach mal das Verlangen nach Lesestoff, der nicht wissenschaftlich fundiert war. Damit setzte ich mich in eine Decke gehüllt in meinen Ohrensessel und begann mich darin zu vertiefen. Ich legte das Buch erst zur Seite, als ich die letzte Seite gelesen hatte. Der Autor sprach von Mut und seelischer Freiheit, und er erklärte, dass Liebe und Sexualität getrennte Vorgänge seien, dass also das eine auch ohne das andere gelebt werden könne. Wer aber beides getrennt entwickle, könne keine völlige Befriedigung finden.

Ich dachte an Fernando. Es war eigentlich schon längst eine unausgesprochene Tatsache, dass wir zusammen waren, und natürlich würde er nicht mehr lange warten wollen, mir auch körperlich ganz nah zu sein. Sobald der Gips ab wäre, gab es ja auch keinen Grund mehr, es nicht zu tun. Ich zog meine Stirn in Falten. Liebte ich ihn denn nicht richtig, weil ich kein Bedürfnis danach hatte, ihm näherzukommen? Doch, ganz bestimmt! Ich hatte tiefe und ehrliche Gefühle für ihn. Ich wollte nicht wahrhaben, was mich ausbremste, aber natürlich wusste ich es ganz genau. Mit Linus konnte ich mir alles vorstellen. Liebe und Zärtlichkeit, Sexualität und gute Gespräche. War es das, was mich abhielt, mich Fernando völlig hinzugeben?

Nun gut. Ich hatte noch eine Gnadenfrist. Das Gipsbein würde ich frühestens Ende der nächsten Woche loswerden. Bis dahin konnte ich eine Entscheidung noch aufschieben. Zum ersten Mal erkannte ich den Vorteil eines gebrochenen Beines.

Giulia trug meinen Rucksack. Wir stiegen in die Bahn und fuhren in die Innenstadt. Eine ausgiebige Shoppingtour war zwar in meinem Zustand nicht zu machen, aber irgendwo einen Kaffee trinken zu gehen war auf jeden Fall drin.

Giulia führte uns ins *Maxi,* ein nettes, verwinkeltes Bistro hinter dem Alten Schloss. Wir bestellten zwei Latte Macchiato, dazu jede ein belegtes Sandwich und einen kleinen Salat.

Giulia konnte ihre Begeisterung kaum bremsen. Sie schwärmte in den höchsten Tönen von Timo, und man konnte unschwer heraushören, wie verliebt sie war.

»Er ist einfach unglaublich, Lucy! Der Mann meiner Träume! Manchmal kann ich gar nicht fassen, wie viel Glück ich habe.«

Ich klopfte ihr auf die Schulter. »Ich gratuliere dir von Herzen. Ich hoffe nur, deine Glückssträhne hält noch eine Weile an.«

Ein leicht vorwurfsvoller Blick streifte mich. »Warum sollte sie nicht?« Dann fuhr sie hinter vorgehaltener Hand fort: »Seit wir miteinander geschlafen haben, bin ich mir meiner Sache ganz sicher. Wir harmonieren in jeder Beziehung so gut, dass ich manchmal das Gefühl habe, wir wären seelenverwandt.«

»Das ist allerdings eine fantastische Entwicklung!« Ich hatte Mühe, meine Begeisterung sprudeln zu lassen. Vielleicht lag es daran, dass mein eigenes Liebesleben gerade etwas durcheinandergeraten war. Ich beschloss, Giulia gegenüber ehrlich zu sein.

»Ich freue mich wirklich für dich, meine Liebe. Meine gedämpfte Euphorie hat nichts mit dir zu tun – ehrlich!« Ich spürte, wie ich herumzudrucksen begann. »Es ist momentan nicht ganz einfach für mich, mit meinen eigenen Liebesangelegenheiten klarzukommen.«

Giulia blickte mich ernst und zugleich neugierig an. »Erzähl!«, forderte sie mich ungeduldig auf.

»Du weißt ja, dass ich eigentlich mit Fernando liiert bin, oder zumindest entwickelt es sich gerade in die Richtung.«

»Ja, das haben wir natürlich bemerkt«, bestätigte auch Giulia. »Aber worauf willst du hinaus?«

»Ich bin mir meiner Sache einfach nicht sicher.« Ich umklammerte meinen Kaffeebecher mit beiden Händen und versuchte, ihrem Blick auszuweichen. Das tat ich immer, wenn ich mir unsicher war oder nicht so recht wusste, wie ich etwas erklären sollte. »Ich weiß nicht, ob es wirklich Liebe ist. Bitte, verstehe mich nicht falsch. Fernando ist ein großartiger Mensch, und ich bin ihm sehr dankbar für alles, was er für mich getan hat. Aber ich fühle keine Schmetterlinge in meinem Bauch. Er ist eher wie ein Bruder oder ein bester Freund, wenn du verstehst, was ich meine.«

Giulia nickte. »Natürlich verstehe ich das. Du bist nicht verliebt. Der Fall ist sonnenklar!« Sie lehnte sich zurück. »Aber trotzdem schade! Ihr wärt ein nettes Paar gewesen.«

»Leider ist das alles nicht so einfach. Fernando geht fest davon aus, dass wir zusammen sind. Ich kann doch jetzt nicht einfach sagen: Das war's! Ich will ihn ja auch als Freund nicht verlieren!« Aus meiner Stimme drang Verzweiflung, was Giulia nicht entging.

»Warte mal! Du willst ihm doch jetzt nicht etwa was

vorspielen?« Ihr kritischer Unterton war nicht zu überhören. »Hattet ihr eigentlich schon Sex?«

»Nein, hatten wir nicht, aber wir waren schon nahe dran.«

»Du solltest dir, solange du dir noch nicht sicher bist, mit der Entscheidung Zeit lassen.«

»Genau das habe ich vor. Trotzdem wird es nicht leicht.« Ich haderte mit mir, Giulia von Linus zu erzählen. Erstens wusste ich selbst noch nicht, ob meine Gefühle für ihn Bestand hatten, und zweitens würde es alles nur verkomplizieren. Ich wusste genau, Giulia würde Druck machen und mir eine Entscheidung abringen. Ich beließ es vorerst bei den genannten Informationen.

»Okay, wir setzen dir also eine Frist. Bis in vier Wochen solltest du dir eigentlich darüber im Klaren sein, was du willst oder nicht willst. Bis dahin kannst du tun und lassen, was du möchtest. Und ganz ehrlich: Eine Trennung wird letztlich auch nicht leichter, ob sie nun früher oder später stattfindet und ob ihr Sex hattet oder nicht. Aber vielleicht findest du heraus, wie stark deine Gefühle für ihn sind, wenn du mit ihm schläfst! Fernando ist jedenfalls in dich verliebt, und es würde ihn so oder so verletzen, wenn du die Sache beenden würdest.«

»Wahrscheinlich hast du recht«, bestätigte ich.

»Also dann, Schluss mit Trübsal blasen! Jetzt wird erst mal gelebt!« Sie deutete auf meinen Gips. »Wird Zeit, dass du wieder ganz die Alte bist.« Sie winkte dem Kellner, der uns die Rechnung brachte. »Dieses Mal werde ich *deine* Beraterin sein.« Sie lachte schallend. »Sonst ist es ja meistens umgekehrt.«

Mit einem merkwürdigen Gefühl im Magen folgte ich Giulia nach draußen.

Ein wenig aufgeregt klickte ich auf die Seite der Uni und suchte nach meinen Prüfungsergebnissen, die ab dem heutigen Tage online gestellt waren. Ich scrollte die Namensliste herunter und fand mich unter der Rubrik G. Ich atmete noch einmal tief ein und stellte mir vor, was ich tun würde, wenn ich nicht bestanden hätte. Ich redete beruhigend auf mich ein. »Wenn du es, verdammt noch mal, nicht geschafft hast, Gold, dann machst du diese Prüfung eben noch mal! Davon geht die Welt nun auch nicht unter. Es sind schon andere Leute durchgefallen.« Bei allem Bemühen gelang es mir trotzdem nicht, eine vollkommene Gleichgültigkeit zu entwickeln. Dafür war ich viel zu ehrgeizig. Ich wollte natürlich auch nicht einfach nur gerade so bestehen. Das Ergebnis sollte sich sehen lassen können, ansonsten wäre ich nicht zufrieden mit mir selbst.

Manchmal müssen wir unsere Ansprüche eben herunterschrauben, dachte ich, aber alles Denken half nichts. Jetzt zählten nur die Ergebnisse. Ich zählte innerlich auf drei, dann wollte ich mich der knallharten Realität stellen. Mein Blick wanderte zu der Spalte mit der erreichten Punktzahl. Ich kniff die Augen zusammen, weil ich erst dachte, ich wäre verrutscht, dann sah ich noch einmal hin. 93 von 100 Punkten! Das war umgerechnet eine Eins bis Zwei. Das konnte sich allerdings sehen lassen! Mir entfuhr ein kleiner Jubelschrei, ich klatschte begeistert in die Hände, und wenn ich kein Gipsbein gehabt hätte, hätte ich einen kleinen Freudentanz aufgeführt.

Inzwischen war ich aber wenigstens Profi im Gipsbeinlaufen. Ich konnte sogar kleinere Einkäufe selbstständig erledigen. Mein Termin für die Entfernung des Verbandes rückte immer näher.

Ich machte noch einige Besorgungen im Schreibwarenladen bei mir um die Ecke und begab mich dann mit vollem Rucksack und mit Krücken auf den Heimweg. Dort begann ich gleich, den großen Fotokarton, den ich besorgt hatte, auf dem Tisch auszurollen und all die Kleinigkeiten, wie Schmucksteine, Glanz- und Krepppapier und das Geschenkband, auszupacken. Ich hatte meiner Tante nämlich versprochen, für Lilly eine Schultüte zu basteln. Ideen hatte ich genug. Sie war ein typisches kleines Mädchen, mit einer Vorliebe für alles, was glitzerte. Als Motiv dachte ich an eine Prinzessin mit hübschem Kleid und Krönchen. Ich zeichnete also alles auf dem bunten Papier vor, ehe ich es ausschnitt. Die Schultüte selbst bastelte ich aus dem dicken Fotokarton, den ich anschließend oben mit Krepppapier ausstattete und mit einem schönen Band verschloss. Am Ende war ich mit meinem Ergebnis recht zufrieden. Lilly würde sich sicher freuen. Ich konnte mich selbst kaum noch an meine eigene Schultüte erinnern, aber sicherlich war auch ich damals hellbegeistert von ihr gewesen.

Ich stellte die Schultüte zur Seite und räumte den Tisch auf. Nun musste sie nur noch gefüllt werden. Das hatte aber noch Zeit. Die Einschulungsfeier war erst Mitte September, bis dahin waren es noch einige Wochen.

16

Das Erste, was ich tat, als ich meinen Gips loshatte, war, eine kleine Runde auf meinem Heimtrainer zu fahren. Ich musste meine Muskeln sowieso wieder trainieren, da konnte ich auch gleich damit anfangen. Der Arzt hatte mir noch weitere Übungen aufgetragen, und wenn ich mich konsequent an seine Anweisungen hielt, wäre ich in drei bis vier Wochen wieder ganz hergestellt.

Das Semester war inzwischen zu Ende. Nur wenige Prüfungstermine standen noch aus. Ich musste allmählich darüber nachdenken, wie ich mein Leben weiterfinanzieren wollte. Das hieß, ich musste mich also dringend auf die Suche nach einem neuen Nebenjob machen, denn in meinem Fitnessstudio brauchten sie mich noch immer nicht.

Ich schlug die Zeitung auf und sah nach, was in der Umgebung angeboten wurde: Haushaltshilfe, Hundesitter, Pizzalieferant und Museumsgehilfe. Da ich nichts weniger als eine leidenschaftliche Hausfrau war, kam das Erste schon mal nicht infrage. Auch den Pizzalieferanten strich ich von meiner Liste, da ich nicht viel Fahrpraxis besaß und mir nicht zutraute, mich mit einem fremden Wagen tagtäglich durch den belebten Straßenverkehr zu kämpfen. Blieben also noch Museumsgehilfin und Hundesitterin. Der Museumsjob würde mit Sicherheit mehr einbringen als das Ausführen von Hunden, also rief ich sofort dort an, um mich zu erkundigen, ob die Stelle noch frei war. Wie nicht anders zu erwarten, gab es bereits mehrere Bewerber. Ich überlegte kurz, ob es sich lohnte, dafür zu kämpfen. Im Prinzip war es mir egal, womit ich in meiner Freizeit Geld verdiente, aber es sollte schon einigermaßen lukrativ sein. Letztlich kam es also auf mein Verhandlungsgeschick an. Ich würde mich bei der Hundedame melden und ihr klarmachen, dass ich als erfahrene und zuverlässige Hundepflegerin entsprechend entlohnt werden wolle. Vielleicht wäre das etwas dick aufgetragen, andererseits kannte ich mich mit Hunden tatsächlich ein bisschen aus. Wir hatten selbst mal einen kleinen Dackel in der Familie gehabt. Ich hängte mich also sofort ans Telefon.

Ich hatte den Job! Frau Gleiser war überglücklich, für ihre beiden Hunde eine qualifizierte Kraft gefunden zu haben. Ich konnte noch in dieser Woche anfangen. In den Semesterferien konnte ich täglich laufen. Später würde ich den Job vielleicht mit jemandem teilen müssen.

Zur Feier des Tages verabredete ich mich mit Chris und Fernando in der *Rosenau*. Wir wollten Giulia, die an dem Abend Dienst hatte, einen Überraschungsbesuch abstatten. Eigentlich hatte ich, neben der Tatsache, dass endlich Semesterferien waren, drei weitere gute Gründe zu feiern: Ich hatte die Prüfung mit Bravour bestanden, ich war meinen Gips endlich los, und ich hatte einen Ferienjob!

Chris kam mit Benita. Ich hatte sie noch nie gesehen, oder zumindest war sie mir nie bewusst aufgefallen. Sie studierte im zweiten Semester und war extra von Hamburg hierher in den Süden gezogen. Chris ließ mich nicht lange im Unklaren. Wie selbstverständlich legte er den Arm um sie und drückte ihr einen Kuss auf die Wange. »Nur damit du es weißt, Lucy. Wir sind seit gestern zusammen.«

Es wunderte mich nicht. So schnell wie Chris seine Freundinnen wechselte, konnte ich kaum Luft holen. Einerseits kam ich zwar kaum noch hinterher, andererseits konnte er mich damit aber auch nie wirklich überraschen.

Benita machte einen netten Eindruck. Sie wirkte nicht so kratzbürstig und zickig wie Paula und auch nicht so zerbrechlich wie Celine, die Freundin, mit der er zuvor ein paar Monate zusammen war. Sie strahlte eine solide Ruhe und Natürlichkeit aus.

Giulia freute sich riesig über unseren Besuch. Seit sie bis über beide Ohren verliebt war, blühte sie völlig auf. Sie strahlte über das ganze Gesicht und brannte förmlich darauf, uns Timo zu präsentieren. Er sollte angeblich noch im Laufe des Abends vorbeikommen.

Kaum eine halbe Stunde später betrat ein großer, gutaussehender Mann Anfang dreißig das Lokal. Giulia begrüßte ihn überschwänglich, und ich konnte direkt mit ihr fühlen, wie schwer es ihr fallen musste, sich in der Öffentlichkeit unauffällig zu geben. Wer Giulia ein bisschen kannte, musste eigentlich merken, was hier lief. Aber außer einem jungen Mann an der Theke war gerade kein Personal anwesend. Und der schien nichts bemerkt zu haben.

Im Laufe des Abends merkte ich, wie auch Fernando

seine Scheu ablegte, unsere Beziehung offen zu zeigen. Er nahm meine Hand und küsste sie mehrmals. Er zog mich an sich und machte keinen Hehl daraus, dass er der neue Mann an meiner Seite war.

Ich war hin und her gerissen zwischen ehrlicher Sympathie und Unsicherheit, was die Tiefe meiner Gefühle anbelangte. Obwohl es grundsätzlich ein schönes Gefühl war, wieder eine feste Beziehung zu haben, fühlte es sich doch nicht ganz stimmig an. Aber jetzt konnte ich erst mal nicht zurück.

Der Abend verflog wie im Nu. Wir hatten uns so viel zu erzählen, und ich hatte den Eindruck, dass alle gut miteinander harmonierten. Daher versprachen wir uns, uns bald in dieser Runde wiederzutreffen. Ich freute mich, dass Fernando so gut in die Gruppe aufgenommen worden war. Mit seiner offenen, freundlichen Art war es Gott sei Dank nicht leicht, ihn nicht zu mögen.

Irgendwann am Abend kam mir auf dem Weg zur Toilette Chris entgegen und raunte mir im Vorbeigehen grinsend zu: »Ich freue mich schon auf meinen Kasten Bier.«

»Na, immer mit der Ruhe«, erwiderte ich mit ebenso breitem Grinsen. »Und außerdem, ich war ja, wie du siehst, auch nicht untätig.« Ich zwinkerte ihm verschwörerisch zu.

Ich trat meinen ersten Hundesittertag an. Die Adresse lag ganz in der Nähe meiner Wohngegend; mit einem zehnminütigen Fußmarsch konnte ich dorthin gelangen.

Die Tiere begrüßten mich bereits im Treppenhaus mit wildem Gebell. Ich konnte im ersten Moment noch nicht ganz zuordnen, ob es freudig oder wütend war. Es waren zwei Hunde: ein kräftiger Boxer und ein kleiner Jack Russell Terrier. Der Kleine begann zu knurren, als ich näher kam. Das war dann also doch eher weniger Freude. Er hielt mich ganz offensichtlich für einen Eindringling. Na, das konnte ja heiter werden! Der Boxer schien erst mal abzuwarten. Er beschnüffelte mich von oben bis unten. Danach machte er mir zumindest so viel Platz, dass ich die Wohnung betreten konnte.

Frau Gleiser, die Hundehalterin, bat mich ins Wohnzimmer und bot mir eine Tasse Kaffee an. Sie schien etwas älter als ich zu sein, ungefähr Mitte dreißig. Wir unterhielten uns eine Weile, damit die Hunde Gelegenheit hatten, mich kennenzulernen. Dann beschlossen wir, ein Stück gemeinsam zu gehen, und ich sollte den Rückweg im Anschluss alleine bewältigen. Das klang einfach – war es aber nicht.

Zunächst lief alles glatt. Wir gingen einen schmalen Feldweg entlang. Währenddessen berichtete mir Frau Gleiser von ihrer neuen Arbeitsstelle, die sie sehr einspannte und die zur Folge hatte, dass sie für die beiden Hunde nun nicht mehr so viel Zeit wie früher aufbringen konnte. Sie war daher an einer dauerhaften Lösung interessiert, und ich versprach ihr, mein Möglichstes zu tun, auch wenn die Arbeit an der Uni wieder intensiver wurde.

Nach etwa einem Kilometer erreichten wir die Vorstadt von der anderen Seite her. An dieser Stelle verabschiedete sich Frau Gleiser und drückte mir die Hundeleinen in die Hand. Sie klopfte mir auf die Schulter und gab mir ein paar aufmunternde Worte mit auf den Weg: »Sie schaffen das schon, Frau Gold! Ich vertraue schließlich nicht jedem meine Tiere an.« Sie zwinkerte mir zu. »Denken Sie nur bitte daran, Sie müssen immer zeigen, dass Sie der Chef sind!« Sie winkte mir noch einmal zu und machte sich dann auf den Weg zur Bushaltestelle.

Erst machten die Hunde Anstalten, ihrem Frauchen nachzulaufen. Sie zogen und zerrten an ihren Leinen, und ich hatte Mühe, sie zurückzuhalten. Als Frau Gleiser dann außer Sicht war, weigerte sich der Boxer, weiterzulaufen. Er setzte sich mitten auf den Gehweg und tat keinen Schritt mehr. Zu allem Unglück begann es nun auch noch zu regnen. Dummerweise hatte ich nicht mal einen Schirm dabei, was wieder einmal zeigte, wie planlos ich derzeit durchs Leben spazierte. Ich beugte mich hinunter, streichelte Teddy übers Fell und versuchte, ihm gut zuzureden.

»Nun komm schon, mein Guter! Zu Hause wartet doch schon dein Lieblingsfrauchen auf dich, und bestimmt gibt es da auch ein feines Fresschen!« Vielleicht wäre es gut gewesen, ein paar Leckerlis dabeizuhaben. Wie nachlässig! Noch ein Grund mehr, mich über mich zu ärgern.

Den Boxer schien das nicht sonderlich zu beeindrucken. Der kleine Hund tänzelte noch immer um den großen herum, und es schien eine Art Spiel zu entstehen, nämlich Fang den Schwanz. Der Jack Russell drehte sich wie wild um seine eigene Achse, während Teddy ihn immer wieder mit der Schnauze anstupste. Da kam mir eine Idee. Ich musste die beiden nur noch einige Meter weiter und auf die andere Straßenseite locken. Dort befand sich eine Metzgerei. Ich würde auf ganz natürliche Weise ihr instinktives Verhalten beeinflussen. Es war einfach, mit den richtigen Hilfsmitteln die Reaktionen eines Tieres zu programmieren. Ich dachte an den Pawlowschen Hund. Nun gut, übertreiben musste ich es auch nicht gleich.

Im Nachhinein weiß ich nicht mehr, wie ich es geschafft hatte, die beiden wieder in Bewegung zu versetzen. Aber irgendwie gelang es mir, Teddy und Barcley vor der Metzgerei anzubinden und den Laden zu betreten. Ich bläute den Hunden ein, brav zu sein und auf keine dummen Gedanken zu kommen, während ich etwas äußerst Wichtiges zu erledigen hätte, was letztlich ja ihnen zugutekäme.

Kaum fünf Minuten später trat ich wieder durch die Ladentüre nach draußen, in jeder Hand eine Saitenwurst. Ich sah gerade noch, wie Barcley mit wehenden Ohren davonrannte. Teddy bellte, was das Zeug hielt, und ich konnte mir gut vorstellen, dass es aus der Hundesprache übersetzt so viel hieß wie: »Komm her, du blöder Hund! Sonst fresse ich beide Würstchen alleine!«

Ich überlegte nicht lange, wie der Hund es geschafft hatte, sich loszureißen, sondern rannte wie von allen guten Geistern verlassen die Straße hinunter, dem kleinen Terrier hinterher. In Gedanken hoffte ich, dass Teddy nicht auch auf solch eine irrwitzige Idee kam. Doch er war vermutlich noch mit seinem Würstchen beschäftigt, das ich ihm, bevor ich losnlief, hingeworfen hatte.

Endlich blieb Barcley stehen. Der Grund hierfür war

unschwer in Gestalt einer hübschen Pudeldame zu erkennen. Sie stand mit ihrem Herrchen vor einem Schaufenster, und man sah ihr an, dass auch sie den Rüden bemerkt hatte. Der Jack Russell blieb vor ihr stehen und beschnüffelte sie von vorne bis hinten und wieder zurück. Das war meine Gelegenheit! Mit großer Vorsicht und ohne hektische Bewegungen versuchte ich, mich an die beiden heranzupirschen. Mit leiser Stimme sprach ich auf Barcley ein. »Komm, mein Guter, komm her zu Mami!« Der etwas betagte Hundebesitzer lächelte mir mitleidig zu: »Na, ausgebüxt?«

Ich grummelte etwas vor mich hin und versuchte mich dann wieder auf meine Mission zu besinnen. Meine Hand wanderte in meine Jackentasche, in die ich das Würstchen gesteckt hatte. Mit der anderen Hand versuchte ich die Leine zu fassen, derer sich der Hund offensichtlich mit Leichtigkeit entledigt hatte. Doch kaum hatte Barcley mich entdeckt, rannte er auf und davon – und ich verzweifelt hinterher. Inzwischen war ich durchnässt bis auf die Knochen. Die Verfolgungsjagd dauerte noch eine weitere Viertelstunde, dann endlich bekam ich den kleinen Terrier im Park zu fassen. Er schien sich genügend ausgetobt zu haben, und die Aussicht auf ein leckeres Würstchen brachte ihn doch letztlich zur Vernunft.

Als ich mit Barcley endlich wieder vor der Metzgerei angelangt war, war ich mit den Nerven völlig herunter. Ich lehnte mich erschöpft an die Wand. Das war mein erster Hundesittertag, und er begann gleich mit einer Katastrophe! Was würde mich wohl nächstes Mal erwarten?

Wie ich es dann doch noch zurück in ihr Revier und zu ihrem Frauchen geschafft hatte, war mir selbst ein Rätsel. Ich wollte auch gar nicht weiter darüber nachdenken. Zugegeben, ich überlegte mir schon, ob ich den Job nicht gleich wieder hinwerfen sollte. Vor der Haustüre ging ich noch einmal kurz in mich und beschloss dann, die Sache gar nicht erst an die große Glocke zu hängen. Was Frauchen nicht weiß, macht sie nicht heiß.

Als die Hundebesitzerin ihre Tiere in Empfang nahm, fragte sie entzückt. »Na, Frau Gold, wie hat es geklappt? Sie waren ja ganz schön lange unterwegs!«

Und ich schwindelte – Gott möge mir vergeben: »War alles prima! Nur ein bisschen Wasser von oben!«

Frau Gleiser lachte: »Ja, das ist nicht zu übersehen!«

Sie bedankte sich nochmals überschwänglich und drückte mir fünfzehn Euro in die Hand. Wir machten gleich den Termin für übermorgen aus.

Ich sehnte mich nach einer heißen Dusche. Meinen Kindheitstraum vom eigenen Hund hängte ich vorerst an den Nagel.

17

Seltsamerweise war ich nervös. Aber warum eigentlich, fragte ich mich immer wieder. Es war ja kein Rendezvous, und ich sollte ihn an diesem Abend ja nicht einmal annähernd für mich alleine haben. Trotzdem fragte ich mich, was ich anziehen sollte. Lieber kurz und sexy oder lang und elegant? Oder vielleicht lieber ganz leger? Die anderen würden sich wegen eines Abendessens sicherlich nicht sonderlich herausputzen. Ich beschloss, das spontan zu entscheiden.

Ich lief noch schnell zum Blumenladen zwei Straßen weiter. Schließlich wollte ich nicht mit leeren Händen kommen, auch wenn die beiden mich zum Dank für meinen Eifer verwöhnen wollten. Ich besorgte einen kleinen, bunten Rosenstrauß für Frau Lorenz und bei der Vinothek gegenüber eine edle Flasche Rotwein.

Mir blieb noch eine knappe Stunde, um mich fertig zu machen und mich für ein Outfit zu entscheiden. Am Ende zog ich meinen schwarzen Minirock, kombiniert mit einem rotgeblümten Oberteil, an. Darüber ein rotes Strickjäckchen.

Unschlüssig drehte ich mich vor dem Spiegel hin und her und war mir auf einmal nicht mehr sicher, ob ich mich so überhaupt sehen lassen konnte. Mein Blick wanderte zu meinen Beinen. Ich hatte nicht gerade eine optimale Minirock-Figur. Meine Waden waren kräftig, ebenso meine Hüften. In Gedanken verglich ich mich mit Frau Lorenz, deren hübsche, schlanke Beine ihre auch sonst großartige Figur noch betonten. Ich war mir sicher, sie konnte alles tragen. Für einen Augenblick fühlte ich mich wie das hässliche junge Entlein aus dem Märchen von Hans Christian Andersen.

Mutlos streifte ich den Minirock wieder ab und schlüpfte in meine Jeans. Damit konnte man wenigstens nichts falsch machen. Das Oberteil passte auch dazu ganz gut.

Ich warf noch einen Blick auf mein Handy. Kurz zuvor hatte ich Frau Lorenz noch eine Nachricht geschickt, sie möge bitte bei mir anrufen, bevor sie sich in die Nähe unseres Hauses begab. Ich würde dann nachsehen, ob die Luft rein wäre. Doch mein Eifer in der Richtung war überflüssig. Sie schrieb mir, dass Linus sie abholen und sich kümmern würde. Ich solle mir keine Sorgen machen.

Darüber machte ich mir auch keine mehr – meine Sorgen waren inzwischen anderer Natur. Die Antwort von Frau Lorenz schien das zu bestätigen. Ich hatte den Kampf, der noch nicht einmal annähernd begonnen hatte, schon jetzt verloren.

Um halb acht stieg ich mit hängenden Schultern und wenig ambitioniert, einen lustigen gemeinsamen Abend zu verbringen, die Treppen hinab. Bevor ich klingelte, hörte ich fröhliches Gelächter aus der Wohnung von Linus Liebig.

Nun gut, ich musste den Abend irgendwie bestreiten, also gab ich mir einen Ruck und versuchte eine einigermaßen freundliche Miene aufzusetzen.

Frau Lorenz öffnete mir und umarmte mich herzlich.

Ich drückte ihr den Blumenstrauß in die Hand, und sie bedankte sich höflich. Schnurstracks marschierte sie damit ins Wohnzimmer, um eine Vase aus der Vitrine zu holen – man bekam fast den Eindruck, sie wohnte schon hier, so gut kannte sie sich in Linus' Wohnung aus.

Aus der Küche drang ein wunderbarer Duft an meine Nase. Ich folgte ihm schnurstracks und stand wenig später vor Linus, der gerade eine Auflaufform in den Backofen schob.

»Das riecht ja köstlich«, bemerkte ich mit einem Augenzwinkern. »Wie ich sehe, alles selbst gemacht. Da kann Dr. Oetker wohl einpacken!«

Linus lachte. »Ja, ich stehe dann doch auf echte Handarbeit!«

Ich überreichte ihm den Wein, den er genauestens unter die Lupe nahm. »Oh, ein ganz edler Tropfen! Vielen Dank, Lucy! Den werde ich gleich öffnen.«

Frau Lorenz eilte herbei und führte mich an den festlich gedeckten Tisch im Esszimmer. Linus trug einen großen Topf herein, und Frau Lorenz assistierte ihm dabei, jeden Teller sorgsam mit Suppe zu füllen. Obenauf garnierte sie die Suppe noch mit zwei Basilikumblättern. Dazu erklärte sie genau, was das Menü alles beinhaltete:

»Beim ersten Gang kredenzen wir eine Karotten-Lauch-Suppe mit Basilikum. Im zweiten Gang folgt ein bunter Jahreszeitensalat mit Schafskäse und Rucola. Das Hauptgericht ist eine Spinatlasagne nach dem Rezept meiner Oma. Ihr werdet begeistert sein!«

Linus nickte ihr anerkennend zu.

»Ich versichere dir, Lucy, sie hat nicht untertrieben!

Veronica hat dieses Gedicht von Lasagne unlängst schon einmal für mich zubereitet – und ich musste sozusagen bestätigen, dass sie die Prüfung für unser gemeinsames Abendessen bestanden hat.« Er lächelte Frau Lorenz zu und klopfte ihr anerkennend auf die Schulter.

»Also mich hast du schon längst überzeugt, meine Liebe«, fuhr er fröhlich fort, was mir wieder einmal einen Stich in der Magengegend versetzte. »Von einer Köchin wie dir kann ein Mann nur träumen!« Er erhob sein Glas und stieß mit Frau Lorenz an. Dann wandte er sich an mich und meinte: »Aber auf dich müssen wir natürlich auch noch anstoßen. Du bist heute ja unsere Hauptperson!«

Ich lächelte gequält und leerte den Wein deutlich zu schnell. Mein Kopf fühlte sich heiß an. Ob das nun eine Folge des unkontrollierten Alkoholkonsums war oder von der Aufregung herrührte, konnte ich nicht nachvollziehen. Bereits nach Gang zwei ging mein Wein zur Neige, und Linus schenkte mit einem Lächeln auf den Lippen nach.

Trotz der schmerzlichen Erkenntnis versuchte ich den beiden noch mehr Einzelheiten zu entlocken. Ich brauchte diese Bestätigung! Brannte geradezu darauf!

»Haben Sie sich nun eigentlich für eine dauerhafte Trennung von Ihrem Mann entschieden? Und haben Sie sich überlegt, wie alles weitergehen soll?«

Frau Lorenz atmete schwer. »Liebe Frau Gold, ich bin nicht zuletzt durch Ihre Hilfe dazu gekommen, mein Leben zu reflektieren, und das hat tatsächlich einen neuen Menschen aus mir gemacht. Ja, ich habe mich entschlossen, meinen Mann endgültig zu verlassen. Linus findet auch, Mike habe mich nicht verdient und ich solle meinen eigenen Weg gehen.« Sie sah Linus an, der nickte.

»Und wissen Sie nun schon, wie es jetzt weitergeht?«, hakte ich neugierig nach.

»Nun, zuerst hat Linus mir angeboten, vorübergehend bei ihm zu wohnen.« Sie strich mit sanfter Geste über seine Hand, die neben der ihren auf dem Tisch lag. »Doch dann haben wir beide eingesehen, dass es ein schwieriges Unterfangen werden würde, so Kopf an Kopf mit meinem Mann zu wohnen. Ich würde ihm zwangsläufig in die Arme laufen, und ich weiß nicht, ob ich für eine solche Begegnung schon bereit wäre. Es sitzen immer noch tiefe Ängste in mir. Ich könnte wahrscheinlich kein Auge zumachen, wenn ich mit ihm im gleichen Haus leben müsste und immer wieder an unsere zerrüttete Ehe erinnert würde.« Sie machte eine kleine Pause, um ihre Gedanken zu sortieren. »Linus hat daher einen anderen, durchaus realistischen Vorschlag gemacht.« Sie warf Linus einen fragenden Blick zu. Als er nickte, setzte sie fort: »In unserer Buchhandlung gibt es hinten noch eine kleine Kammer, in der Bücherkisten aufbewahrt werden. Linus hat dort schon vor einiger Zeit ein mobiles Bett aufgestellt. Er meinte, ich könne vorübergehend ja dort einziehen, bis sich meine finanzielle Situation geklärt hat.« Sie strahlte über das ganze Gesicht. »Linus ist so ein guter Mensch, er will nicht einmal Miete dafür verlangen! Im Gegenteil, er meinte, ich dürfe so lange dort wohnen bleiben, wie ich wolle.« Sie sah ihn dankbar an.

So weit waren sie also schon, schoss es mir durch den Kopf. Sie schwärmte ja regelrecht von ihm, und was seins war, war inzwischen wohl auch ihres. Ich dachte an die Art, wie sie »unsere Buchhandlung« sagte.

Linus ergriff das Wort: »Ich werde noch ein kleines Tischchen und zwei Stühle besorgen und vielleicht noch eine Kommode oder ein kleines Schränkchen. Dann würde es dort für Veronica etwas wohnlicher sein.« Er betrachtete interessiert meine Reaktion.

Ich konnte nicht anders, als Begeisterung zu heucheln, bemerkte aber, dass ich sie nicht so recht in Worte fassen konnte, und hoffte, dass es niemandem auffallen würde. »Also, das ist ja eine wunderbare Idee!«, bestätigte ich. »Wann ist es denn so weit?« Meine Stimme überschlug sich beinahe, und ich nahm rasch noch einen Schluck Wein.

»Wir wollten schon in den nächsten Tagen alles vorbereiten. Sobald ich dort eingezogen bin, musst du mich natürlich unbedingt mal besuchen kommen.« Sie hielt inne – sie registrierte wohl genauso wie ich, dass sie gerade zum Du übergegangen war.

»Bitte entschuldigen Sie, liebe Frau Gold. Aber ich wollte Ihnen schon lange das Du anbieten. Schließlich sind wir doch inzwischen fast so etwas wie eine kleine Familie.« Sie erhob das Weinglas, und wir stießen alle miteinander an.

Veronica räumte die Salatteller ab und brachte die Lasagne herein. Sie sah köstlich aus, aber ich war schon beinahe satt, und das sicher nicht nur deshalb, weil ich zu viel gegessen hatte. Mein Magen rebellierte. Ich nahm noch einen Schluck Wein, und Linus schenkte großzügig nach. »Er schmeckt übrigens ausgezeichnet! Eine gute Wahl, Lucy«, lobte Linus.

Nach dem Dessert fühlte ich mich wie ein wandelndes Fass und war damit beschäftigt, mir nicht anmerken zu lassen, dass mir die Übelkeit mittlerweile bis zur Unterkante Oberlippe stand. Ich hatte das dringende Bedürfnis, ein Bad aufzusuchen. Dass Linus' Gästetoilette dafür nicht infrage kam, war selbstredend. Daher verabschiedete ich mich für einen Augenblick und stürzte nach oben. Ich schaffte es gerade noch rechtzeitig auf die Toilette, um mich zu übergeben. Etwas später lehnte ich mich erleichtert zurück. So wie es aussah, hatte ich es überstanden und konnte wieder nach unten gehen. Zur Sicherheit trank ich noch einen Magenbitter – das hatte mir einst mein Opa empfohlen, der nun leider schon seit drei Jahren nicht mehr auf der Erde weilte. Manchmal vermisste ich ihn schrecklich. Er war die Güte in Person gewesen. Meine Oma und mein Opa waren für mich sowieso bis heute das Traumpaar schlechthin. Es hatte einfach alles gepasst, und diese gegenseitige Liebe und Hochachtung strahlten sie noch bis ans Ende ihrer Tage aus. So etwas zu finden grenzte beinahe an Unmöglichkeit. Jedenfalls konnte ich mir dieses Glück für mich nicht so recht vorstellen.

Ich begab mich also wieder nach unten und verbrachte noch eine weitere Stunde bei meinen Gastgebern. Dann entschuldigte ich mich. Die Woche habe mich so angestrengt, dass ich leider nicht derartig über die Stränge schlagen könne.

Bevor ich ging, bot ich Veronica an, bei mir zu übernachten. Ihre Antwort überraschte mich nicht, und ich fragte mich, warum ich mich immer wieder zum Trottel machte.
»Ich danke dir herzlich, Lucy, aber Linus hat mir das auch schon angeboten. Ich werde heute Nacht hier schlafen.«
Ich wollte nur noch weg. Ganz schnell. Ich umarmte die beiden und hastete nach oben, wo ich die Tür hinter mir etwas zu heftig zuknallte. Ich schlüpfte aus meinen Schuhen und warf mich aufs Bett. Warum passierte so etwas immer mir?

Am nächsten Abend rief ich Fernando an. In dieser Nacht schlief ich zum ersten Mal mit ihm.

18

Ich machte mir riesige Sorgen! Meine Tante hatte mir eine Nachricht auf meinem Anrufbeantworter hinterlassen. Sie musste mit Lilly zu einer Untersuchung ins Krankenhaus. Ihre Blutwerte stimmten nicht – das hatte der Kinderarzt festgestellt.

Ungeduldig wartete ich auf eine weitere Nachricht. Zur Ablenkung versuchte ich mich in mein neues Psychologiebuch zu vertiefen. Aber es wollte mir nicht so recht gelingen.

Meine Nachmittagsvorlesung war ausgefallen, und normalerweise hätte ich mich über einen verfrühten Feierabend gefreut. Doch stattdessen breitete sich ein unangenehmes Gefühl in mir aus, das mich nicht zur Ruhe kommen ließ. Nach dreistündigem Warten schickte mir meine Tante die Nachricht, man wisse noch nichts Genaues; die Ergebnisse kämen erst in den nächsten Stunden. So lange müsse sie mit Lilly noch dortbleiben.

Die Zeit verging im Schneckentempo. Ich entschloss mich kurzerhand, meine Eltern zu besuchen. Auch sie machten sich sicherlich schon Sorgen.

Ich hatte Glück. Sie waren zu Hause und freuten sich über meinen spontanen Besuch. Sie waren ehrlich überrascht, als ich ihnen von Lilly berichtete. Sie seien erst vor Kurzem nach Hause gekommen und hätten auf ihrem Spaziergang ihr Handy nicht dabei gehabt. Insofern wussten sie auch noch von nichts. Ich informierte sie über alles, und sie wirkten ebenfalls bedrückt. Mutter brühte uns einen Kaffee auf, und wir suchten nach ungezwungenen Gesprächsthemen, um die Wartezeit zu verkürzen. Dann endlich klingelte mein Telefon. Tante Emi war am Apparat. Die Diagnose stand fest: Leukämie!

Mir blieb beinahe das Herz stehen! Die fröhliche kleine Lilly sollte lebensbedrohlich erkrankt sein? Das konnte doch nicht sein! Sie war doch immer so unbeschwert gewesen – ein wahrer Sonnenschein. Dann erinnerte ich mich aber daran, wie müde sie bei ihren letzten Besuchen auf mich gewirkt hatte. Es war ihr schwergefallen, den Weg vom Spielplatz an meiner Hand zurückzulaufen. Ich hatte sie zur Hälfte tragen müssen.
Meine Eltern waren ebenso schockiert und sprachlos wie ich. Wir saßen beieinander und rührten gedankenverloren in unseren Kaffeetassen. Ich hatte mindestens schon die dritte getrunken und war schon deshalb völlig hibbelig. Gepaart mit der Hiobsbotschaft wirkte der Kaffee fast wie eine Droge.
Als ich später am Abend nach Hause fuhr, begegnete mir Linus im Treppenhaus. Meine verweinten Augen waren ihm nicht entgangen. Er legte seine Hand auf meinen Arm und fragte, ob er mir helfen könne.
Ich schüttelte den Kopf und bat ihn, mich zu entschuldigen. Ich hatte nur noch das dringende Bedürfnis, mich auf mein Bett fallen zu lassen.
Als ich unter meine Decke kroch, dachte ich an Lilly und Tante Emi. Auf einmal wurde mir bewusst, was wirklich wichtig war.
Ich schickte ein Gebet zum Himmel und hoffte, Gott

möge es erhören. Wenn etwas ungerecht war, dann das hier. Aber vermutlich gab es Millionen Menschen auf dieser Erde, die gerade genau dasselbe dachten. Nur dass sie andere Namen trugen und ihre Schicksale ein wenig anders aussahen. Dennoch waren diese vermutlich nicht weniger ungerecht und dramatisch als mein eigenes oder besser gesagt, als das von Lilly.

Ich hatte eine schlechte Nacht hinter mir, aber das war ja nicht anders zu erwarten gewesen. Nicht einmal die Tatsache, dass Fernando neben mir lag, konnte mich beruhigen. Nach den schlechten Nachrichten vom Vortag hatte ich ihn mitten in der Nacht angerufen, und er war sofort gekommen. Das rechnete ich ihm hoch an.

Seit wir am vergangenen Wochenende zum ersten Mal miteinander geschlafen hatten, waren meine Zweifel auf einmal verschwunden. Fernando war ein äußerst einfühlsamer und zärtlicher Liebhaber. Dennoch besaß er ein gewisses Feuer, wie man es den Südamerikanern gerne zusprach.

Ich stand auf und bereitete uns ein üppiges Frühstück zu. Die vorlesungsfreie Zeit hatte zumindest den Vorteil, dass der Vormittag weniger hektisch begann. Heute hätte ich allerdings lieber ein paar Termine gehabt. Das hätte mich ein wenig abgelenkt.

Gegen Mittag musste ich wieder Teddy und Barcley ausführen. Inzwischen kamen wir auch einigermaßen klar miteinander. Manchmal hatte ich das Gefühl, sie hatten mich bereits als zweites Frauchen akzeptiert. Sie folgten wenigstens ab und an, und sie waren wirklich gute Zuhörer. Heute erzählte ich ihnen alles, was mir auf der Seele lag. Die Hunde ertrugen meinen Monolog mit viel Geduld. Ab und zu warfen sie mir einen fragenden oder mitfühlenden oder auch gleichgültigen Blick zu – je nachdem, wie man es eben interpretieren wollte.

Eine Stunde später lieferte ich die Tiere ab, ohne größeres Chaos angerichtet zu haben.

Ich setzte mich in die Bahn und fuhr ins Krankenhaus, um Tante Emi und Lilly zu besuchen. Sogar Onkel Tom war extra aus England angereist, als er von der schweren Erkrankung seiner kleinen Tochter erfahren hatte. Er war geschäftlich die meiste Zeit des Jahres im Ausland, aber nun hatte er Sonderurlaub eingereicht und würde zumindest die nächsten Wochen bei seiner Familie verbringen können.

Meine kleine Cousine begrüßte mich wie immer freudestrahlend, und ich hatte den Eindruck, sie begriff noch nicht genau, was vor sich ging. Vielleicht hatte Tante Emi ihr auch noch nicht genau erklärt, was es mit all den Untersuchungen auf sich hatte. Zudem stellte ich es mir schwierig vor, ein fünfjähriges Kind mit der Tatsache einer lebensbedrohlichen Erkrankung zu konfrontieren. Würde sie überhaupt schon ganz verstehen können, was da auf sie zukam?

Andererseits hatte ich erst unlängst von einigen interessanten Fällen gelesen, die zeigten, dass Kinder nicht selten seelisch stärker waren als wir Erwachsenen und dass sie sogar mit dem Thema Tod viel besser umgehen konnten, als man das annehmen würde.

Ich beschloss trotzdem, das Thema Krankheit vor Lilly

zunächst gar nicht anzusprechen. Doch da plapperte sie schon los: »Hallo, Lucy! Stell dir vor, hier gibt es ein Kinderzimmer, da kann man spielen und basteln! Soll ich es dir mal zeigen?«

Ich sah Emi fragend an, und die nickte mir zu.

»Ja, unbedingt!«

Lilly nahm mich bei der Hand und zog mich mit sich fort. Wir fädelten eine Kette auf, und sie malte mir noch ein schönes Sommerbild, damit ich die wärmende Sonne in der bald folgenden kühleren Jahreszeit nicht vergessen würde. Sie war mächtig stolz darauf, dass sie inzwischen sogar schon ihren Namen schreiben konnte, und ich bat sie deshalb auch gleich, mir ihr Meisterwerk zu signieren.

»Sag mal, Lilly, weißt du denn eigentlich, warum du hier bist?«

Sie sah mich mit großen Augen an. »Ja, natürlich! Die Leute in den weißen Kitteln haben gesagt, dass etwas mit meinem Blut nicht in Ordnung ist. Aber sie wollen mir jetzt eine passende Medizin geben, damit ich bald wieder gesund bin.« Sie lächelte mich an, und ich konnte nicht anders, als zurückzulächeln. Kinder waren manchmal einfach so schön unbeschwert und vertrauensvoll. Das wollte ich ihr auf keinen Fall nehmen.

Als wir zu ihrem Krankenzimmer zurückgingen, beschwerte sich Lilly darüber, dass ich ihr kein neues Pettersson-und-Findus-Buch mitgebracht hatte.

»Ach, du meine Güte! Wie konnte ich das nur vergessen? Ich verspreche dir hoch und heilig, bei meinem nächsten Besuch habe ich eines für dich dabei!«

Als die Schwester hereinkam und Lilly für eine Untersuchung mitnahm, wechselte ich noch rasch ein paar Worte mit Emi und Tom. Sie ließen sich vor Lilly nicht anmerken, wie besorgt und bekümmert sie waren, doch vor mir gelang es ihnen nicht, ihren Gemütszustand zu verbergen. Ich nahm sie tröstend in die Arme und sprach ihnen Mut zu. Viele Fälle von Leukämie konnten – besonders bei Kindern – noch gut geheilt werden.

Emi informierte mich darüber, dass bereits alle notwendigen Maßnahmen getroffen wurden und noch diese Woche mit der Chemo begonnen werden konnte. Solange Lilly im Krankenhaus bleiben musste, durften auch ihre Eltern dort abwechselnd nächtigen. Das hatte Lilly beruhigt und ihr die Angst genommen. In ein paar Wochen würde man zumindest schon sagen können, ob sie die erste größere Behandlung einigermaßen gut überstanden hatte.

Auf dem Nachhauseweg ging mir viel durch den Kopf, aber trotzdem vergaß ich nicht, das versprochene Geschenk für Lilly zu besorgen.

Als ich die Buchhandlung betrat, realisierte ich sofort, dass Linus gerade nicht da war. Ich bemühte mich, meine Enttäuschung zu verbergen. Veronica bediente gerade eine Kundin an der Kasse, und ich winkte ihr nur rasch im Vorbeigehen zu. Zielstrebig steuerte ich die Kinderabteilung an und suchte einen neuen Findus-Band für Lilly aus. Als ich an die Kasse trat, um zu bezahlen, gelang es mir nicht, meine Fassade aufrechtzuerhalten. Veronica bemerkte meine feuchten Augen, und so erzählte ich ihr die ganze Geschichte in grobem Umriss.

Es tat gut, mir die quälenden Gedanken von der Seele

zu reden. Ich dachte an Lilly, und wie fröhlich sie noch immer war. Daher nahm ich mir vor, mir eine Scheibe von ihr abzuschneiden.

Es sollte ein ruhiger Abend werden. Fernando wollte sich mit Chris zu einem Männerabend treffen. Es freute mich riesig für ihn, dass sich eine Freundschaft zwischen den beiden entwickelte.

Ich selbst war nicht in Stimmung auszugehen. Vermutlich würde mir ein Abend vor dem Fernseher bevorstehen. Aber das war in diesem Fall nicht das schlimmste Los. Ich war schon froh, wenn ich ab und zu ein bisschen auf andere Gedanken kam.

Als es klingelte, war ich daher ein wenig unschlüssig, ob ich überhaupt aufmachen sollte. Ich war schon in Jogginghose und Sofaoutfit und war nicht darauf eingestellt, irgendjemandem noch unter die Augen zu treten. Es klingelte noch einmal, und so riss ich mich dann doch zusammen und ging zur Tür.

Ich war überrascht, Linus zu sehen, der mit einer Flasche Wein vor mir stand.

Er bemerkte mein Outfit und begann sogleich: »Entschuldige bitte die Störung. Du bist vielleicht gerade nicht in Stimmung für Gesellschaft, aber darf ich trotzdem kurz reinkommen?«

Er bemerkte, dass ich zögerte, und schenkte mir ein vorsichtiges Lächeln. »Alleine zu sein ist nicht in jedem Fall gut«, meinte er mit einem Augenzwinkern.

Ich nickte. »Du hast recht. Komm rein!«

Er trat ein, und ich führte ihn ins Wohnzimmer und

bot ihm einen Platz auf dem Sofa an. Ich holte zwei Weingläser und einen Korkenzieher aus der Küche.

»Veronica hat mir erzählt, dass du heute da warst und warum es dir nicht gut geht. Ich dachte mir, vielleicht brauchst du ja jemanden zum Reden.« Er legte mir die Hand auf die Schulter und sah mich an.

O nein, bitte nicht!, dachte ich. Entweder schmelze ich jetzt gleich dahin, oder ich fange an zu weinen. Ich kämpfte gegen die aufsteigenden Tränen. Doch dann brach es plötzlich aus mir heraus. All die Traurigkeit und Angst, die sich seit dem Vortag angestaut hatte. All das musste heraus!

Linus nahm mich in die Arme. Er drückte mich ganz fest an sich und streichelte mir liebevoll über den Kopf. Eine Weile saßen wir einfach nur so da – ineinandergeschlungen. Dabei kam es mir so vor, als hätten wir jedes Gefühl für Zeit verloren. Irgendwann spürte ich dann seine weichen Lippen auf meiner Stirn, auf meinen Wangen, meiner Nase und schließlich auch auf meinem Mund. Langsam, unendlich langsam drückte er seine Lippen auf die meinen. Der Kuss durchzuckte meinen ganzen Körper, und ich begann zu beben. Sein Mund wanderte zu meinem Ohr und hauchte mir zärtlichen Atem ein. Ich spürte, wie die Lust in mir erwachte. Ich drückte ihn noch stärker an mich, woraufhin seine Hände zärtlich über meinen Rücken strichen. In dem Moment wusste ich, dass wir nicht mehr aufhören konnten. Es war ein Verlangen tief in uns. Ich genoss jede Berührung. Seine Zunge erforschte meinen Mund und seine Hände meinen Körper, und ich hatte nicht einmal das Gefühl, eine Modelfigur zu brauchen, um ihm zu gefallen. Ich schien wie Wachs in seinen Händen, umgarnte ihn wie eine Katze ihr geliebtes Herrchen. Wie von einem Magneten angezogen, schmiegte ich mich immer enger an ihn, und er hielt mich fest, als wollte er mich nie wieder loslassen.

Als wir uns nach langem Liebkosen endlich vereinten, war es das höchste aller Gefühle: das reinste Glück! Innerlich juchzte meine Seele vor Freude, und ich fühlte mich beschützt und geliebt. Eine Liebe, die ich so noch nie erlebt hatte. Nachdem wir unseren Höhepunkt erreicht hatten, hielten wir uns noch lange eng umschlungen.

Er blieb die Nacht über bei mir. Wir redeten lange, und es kam mir vor, als kannten wir uns schon eine halbe Ewigkeit. Dennoch saß mir noch immer die Sache mit Veronica im Nacken. Doch ich wagte nicht, ihn darauf anzusprechen. Unsere gemeinsame Zeit war zu harmonisch und zu bedeutsam, um Eifersüchteleien auszutragen. Jeder neue Moment erschien mir kostbarer als der vorangegangene. Trotzdem war ich mir natürlich darüber bewusst, dass wir um das Thema nicht herumkommen würden. Doch diese Nacht gehörte nur uns und unseren tiefsten und ehrlichsten Gefühlen.

Als er am frühen Morgen aufbrach, fühlte ich mich nicht verlassen wie nach einem One-Night-Stand, der kaum eine Bedeutung hatte. Alles war stimmig und hatte seine Richtigkeit. Ich konnte mir kein tieferes Vertrauen vorstellen.

Nachdem ich meine erste Tasse Kaffee zu mir genommen hatte, breitete sich langsam eine gewisse Schwermut über meine Glieder. Ich wusste sofort, was los war. Mein Gewissen begann mich zu quälen. Netterweise hatte es mich die ganze Nacht über in Ruhe gelassen, doch nun bohrte es sich gnadenlos in mich hinein und schien mir zuzuflüstern, ich hätte wieder einmal nur an mein eigenes Ego gedacht.

Ein Blick in den Spiegel bestätigte, dass mein glückliches Strahlen einem niedergeschlagenen Ausdruck gewichen war. Ich wusste ganz genau, was es damit auf sich hatte. Früher oder später würde ich Fernando die Wahrheit sagen müssen, oder ich musste diese Nacht für immer vergessen und durfte nie wieder auch nur einen einzigen Gedanken an Linus verschwenden. Ich seufzte tief und hielt mir die Hände vors Gesicht! Ja, ich musste reinen Tisch machen, mein Leben klären, und zwar besser früher als später, sonst würde ich weder Fernando noch mir selber je wieder in die Augen blicken können.

Es kam mir gelegen, die Hunde am Nachmittag ausführen zu müssen. Ich musste meinen Kopf freibekommen. Ein Spaziergang an der frischen Luft würde mir dabei sicherlich helfen. Ich machte einen kleinen Stadtbummel, vorbei an einigen Geschäften, und lief dann in Richtung Park. Ich spazierte den Weg am Universitätsgelände entlang und steuerte direkt auf ein Paar zu, das mir Hand in Hand entgegenkam. Wie schön es doch sein musste, Liebe zu teilen. Ein melancholischer Seufzer drang aus meinem Inneren nach draußen und schien mein ganzes verkorkstes Liebesleben in sich zu tragen.

Nichtsdestotrotz lächelte ich dem Pärchen zu, als ich an ihnen vorüberlief.

Dann traf mich die Erkenntnis wie ein Blitz aus heiterem Himmel. Der Mann war mir schon von Weitem irgendwie bekannt vorgekommen. Ich erinnerte mich an den Abend in der Bar vergangene Woche, als Giulia uns ihre neue Liebe präsentiert hatte.

Ein gut aussehender großer, sportlicher Typ war das gewesen. Auch bei Tageslicht konnte ich ihm diese Attribute nicht absprechen. An seiner Hand ging allerdings nicht Giulia, sondern eine andere Frau. Sie war klein, zierlich und hübsch – genau das, was Männer wünschten, um ihre Männlichkeit noch deutlicher zur Schau zu stellen. Ich unterdrückte den Reflex, ihn zu grüßen, als er mit seiner Flamme an mir vorbeilief. Stattdessen drehte ich schnell meinen Kopf zur Seite, beugte mich hinab und tätschelte Teddy den Bauch. Ich hoffte inständig, Timo hatte mich nicht erkannt. Als die beiden außer Sicht waren, blieb ich stehen und atmete tief durch. Ich musste Giulia anrufen, musste sie informieren, was ich gesehen hatte. Sie durfte nicht länger vorgeführt werden.

Vor dem Tor des Parks zückte ich mein Handy. Ich schrieb Giulia, ich würde sie nachher gerne besuchen kommen. Ihre freudige Antwort (fünf Smileys und drei Küsschen) kam sofort, und es tat mir in der Seele weh, daran zu denken, dass ich drauf und dran war, ihr dieses unbeschwerte Glück zu nehmen. Aber sie musste die Wahrheit erfahren, und war sie auch noch so schmerzlich.

Im Park ließ ich die Hunde erst einmal von der Leine.

Ich setzte mich auf eine Bank und sah den beiden beim Herumtollen zu. Ab und an warf ich ein Stöckchen, das sie dann fleißig apportierten. Meine Gedanken drifteten ab und waren mittlerweile genauso oft bei Giulia wie bei meinen eigenen Problemen.

Ich überlegte, wie und wann ich Fernando meinen Entschluss am besten beibringen könnte. Es ging schließlich auch darum, seine Gefühle nicht mit Füßen zu treten und ihn mit dem nötigen Respekt zu behandeln.

Ich registrierte plötzlich, dass der Boxer nicht wiedergekommen war. Währenddessen lief Barcley den kleinen Hügel hinunter und jagte aufgeregt kläffend einigen Enten hinterher, die sich gerade zum Teich begaben. Da sah ich Teddy! Er schwamm inmitten des Teiches, und auch er schien die Enten im Visier zu haben.

»O nein! Ihr Mistkerle! Das werdet ihr nicht tun!« Ich klatschte wie wild in die Hände, um die Enten aufzuschrecken und ihnen die Gefahr bewusst zu machen, in der sie sich befanden. Ich rief Teddy, er möge aus dem Wasser kommen, doch der dachte ja gar nicht daran. Ich sah mich um, doch außer mir war nur ein altes Ehepaar im Park unterwegs. Sie steuerten die Bank an, auf der ich noch vor wenigen Minuten gesessen hatte.

Ich fluchte. Ich wusste, es war wichtig, jetzt die Ruhe und einen kühlen Kopf zu bewahren. Vielleicht sollte ich erst einmal Barcley einfangen, dann würde sicherlich auch Teddy aus dem Wasser kommen.

Dieses Mal war ich wenigstens besser vorbereitet als unlängst vor der Metzgerei. Meine Hand griff einige Leckerlis aus der Jackentasche und streckte sie Barcley hin. Der allerdings ignorierte sie völlig. Er hatte ganz offensichtlich einen höllischen Spaß an der Entenjagd entwickelt.

Nachdem ich dem kleinen Terrier einige Runden erfolglos um den Teich hinterhergehechelt war, ließ ich mich verzweifelt auf die Wiese fallen. Ich keuchte und schnaufte wie eine Dampfwalze. Ich streckte meine Arme weit von mir und sah in den blauen Himmel, der heute klar und wolkenlos war. All das Elend der Welt schien sich über mich zu ergießen. Ich sandte ein Stoßgebet hinauf und hoffte, Gott möge das Blatt zum Guten wenden, und dabei dachte ich nicht nur an die Hunde.

Als etwas Feuchtes an meiner Hand schleckte, richtete ich mich auf und stellte erleichtert fest, dass Barcley es sich nun doch anders überlegt hatte. Er schnüffelte an meiner Jackentasche. Das war die Gelegenheit! Ich schnappte die Leine und befestigte sie rasch an seinem Halsband. Dann belohnte ich ihn mit dem von ihm herbeigesehnten Hundekeks.

Mein Plan schien aufzugehen. Als Teddy uns auf der Wiese bemerkte und Barcley zufrieden kauend neben mir liegen sah, gab auch er seinen Widerstand auf und kam aus dem Wasser. Er schüttelte sich heftig und folgte dem Keksduft bis zu uns. Teddy sah mich mit unschuldigem Hundeblick an, schüttelte sich dann nochmals kräftig, wobei ich dabei die volle Ladung Ententeich abbekam, aber was war schon eine nasse Hose im Vergleich zu einem gelösten Riesenproblem.

Als ich die Hunde wieder ablieferte, wusste ich, dass es das letzte Mal war, dass ich sie ausgeführt hatte. Nicht weil Frau Gleiser sich beschwert hatte, dass Teddy nass und schmutzig aussah, sondern weil ich das Gefühl hatte, den frechen Rackern nicht gewachsen zu sein. Nicht nur einmal hatten die beiden mich an den Rand des Wahnsinns gebracht. Diese Verantwortung war mir auf Dauer zu groß. Glücklicherweise hatten sie nicht auch noch die Wohnung zerlegt, als ich die Tiere am Nachmittag abgeholt hatte.

Frau Gleiser bedauerte meine Entscheidung, die ich etwas – Gott möge mir verzeihen – beschönigt hatte. Es war ja letztlich keinem damit gedient, einen unnötigen Aufruhr zu verursachen. Ich erklärte ihr, dass ich momentan doch stärker privat eingespannt sei, als ich zunächst gedacht hätte, und das war nicht einmal gelogen. Ich hatte mir vorgenommen, so viel Zeit wie möglich mit Lilly zu verbringen.

Giulia umarmte mich herzlich und führte mich hinaus auf ihren hübschen kleinen Balkon, der einen direkten Blick auf die wunderschöne Gartenanlage der Vorstadt eröffnete.

Wir setzten uns und genossen die Nachmittagssonne – das einzig Erfreuliche an diesem trübseligen, missratenen Tag. Noch wusste ich nicht, wie ich es anstellen sollte, Giulia von meiner Begegnung zu erzählen, aber dann beschloss ich, bevor ich meiner Freundin all meine Sorgen vor den Latz knallte, musste das Unausweichliche gesagt werden.

Wie nicht anders erwartet, starrte mich Giulia entsetzt an, als ich ihr von meiner Beobachtung berichtete.

Jegliche Farbe war aus ihrem Gesicht gewichen. Wieder und wieder schüttelte sie den Kopf, um zu verstehen zu geben, dass es sich um einen schrecklichen Irrtum handeln müsse. Dann stand sie auf und holte ein Päckchen Taschentücher. Sie weinte bitterlich und konnte das alles einfach nicht fassen.

»Ich liebe ihn doch!«, schluchzte sie. »Warum tut er mir das an?« Sie schnäuzte sich. »War ich etwa nicht gut genug für ihn?«, brachte sie mit erstickter Stimme heraus.

»Du bist gut genug für jeden Mann, glaube mir das bitte! Er ist einfach ein Dreckskerl und führt ein Doppelleben.« Ich kratzte mich nachdenklich an der Stirn und fuhr fort: »Wobei wir im Augenblick ja noch nicht wissen, welche Rolle die Dame an seiner Seite wirklich spielt. Bitte versteh mich nicht falsch. Natürlich gehe ich nicht gerade davon aus, dass es sich um seine Schwester handelt, aber ich fände es schon interessant zu wissen, ob er sich die Lady erst vor Kurzem geangelt hat oder ob er schon seit Längerem zweigleisig fährt.«

»Ganz ehrlich, Lucy, das ist mir ziemlich egal, denn Fakt ist, dass er mich ganz bewusst getäuscht hat, und dafür gibt es keine Entschuldigung!« Sie wiegte nachdenklich ihren Kopf hin und her. »Eine Sache ist auf jeden Fall sicher: Ich werde einen neuen Job brauchen.«

Ich nickte. »Das wäre sicherlich das Beste! Jetzt musst du ausschließlich an dich denken und darfst keine falschen Rücksichten nehmen.«

»Aber eines kannst du mir glauben, Lucy. Den Kerl werde ich zur Rede stellen! Er ist mir eine Erklärung schuldig für all die schlimmen Gefühle, die er gerade in mir auslöst.«

Wieder gab ich ihr recht. »Ja, ich glaube, das solltest du tun. Schon allein um Klarheit zu haben. Es lässt sich eine Angelegenheit leichter abschließen, wenn man alle Faktoren kennt, die an ihr beteiligt sind.«

Um Giulia ein wenig auf andere Gedanken zu bringen, erzählte ich ihr kurz und knapp, was sich bei mir zugetragen hatte. Die Sache mit Lilly hatte ich ihr schon am Vorabend geschrieben, und sie war darüber zutiefst erschüttert gewesen. Von Linus und mir wusste sie allerdings noch nichts, und sie fiel aus allen Wolken, als ich ihr davon erzählte.

»Lucy, du musst es Fernando sagen, sonst bist du keinen Deut besser als Timo.« Sie sah mich tadelnd an. »Es hätte gar nicht erst so weit kommen dürfen!«

»Ich weiß, Giulia, aber sei bitte nicht zu streng mit mir. Mein schlechtes Gewissen erstreckt sich bereits von hier bis zum Äquator und wieder zurück.« Ich versuchte trotz der angespannten Stimmung ein Quäntchen Humor einfließen zu lassen. Doch Giulia schien noch immer wie gelähmt von der Hiobsbotschaft, und so versprach ich ihr abschließend, bei meinen weiteren Schritten ein besseres Bild abzugeben als Timo.

Es fiel mir schwer, meine Freundin in dem Zustand alleine zu lassen, aber ich wollte noch bei meiner Tante vorbeigehen und Lilly mein Geschenk überreichen. Dafür hatte Giulia natürlich Verständnis, und ich versprach ihr, mich am kommenden Wochenende mit ihr zu treffen.

19

Lilly war überglücklich, als ich ihr das hübsch eingepackte Päckchen überreichte. Obendrauf hatte ich ein kleines Stofftierchen festgebunden, das sie gleich an ihr Herz drückte. Abgesehen davon, dass sie etwas schwächlich und blass war, wirkte sie noch immer fröhlich, fast aufgeregt.

»Stell dir vor, Tante Lucy! Heute hat mich Lizzy besucht. Du weißt schon, meine neue Freundin vom Spielplatz! Und Opa Lohmeier und Oma Hildegard waren auch da.« Ich war ehrlich gerührt über Lucys Namensgebung. Meinen Nachbarn hatte sie also schon als zusätzlichen Opa in unsere Familie eingemeindet. Ebenso Lizzys Oma. Wie unbeschwert Kinder sich doch ihre Welt zurechtbastelten. Hoffentlich würde die kleine Lilly sich diese Leichtigkeit erhalten. Ich dachte an die langwierige Therapie, die ihr noch bevorstand, und mein Herz wurde schwer. Doch Lillys Lachen wischte meine Traurigkeit wieder weg, und wir verbrachten noch einen schönen Abend, bis die Nachtschwester Lilly ins Bett schickte.

Ich traf Fernando nach der Nachmittagsvorlesung. Wir gingen in die kleine Studentenbar gegenüber der Universität.

Es fiel mir schwer, das Gespräch zu beginnen, und meine Unsicherheit wuchs, je länger ich Fernando gegenübersaß. Eigentlich war er doch der perfekte Partner: gleichaltrig, gemeinsame Interessen, interessante kulturelle Unterschiede, die einer Beziehung noch eine besondere Würze beigaben.

Plötzlich wusste ich nicht mehr, was ich wollte. Wollte ich Fernando wirklich aufgeben, ihn für immer verlieren? Würde ich es ertragen, wenn er sich nun von mir betrogen und verlassen fühlte? Ich spürte einen Druck in mir aufsteigen, fühlte, wie mich etwas ausbremste. Eine innere Stimme schien mir zuzuflüstern, nichts zu überstürzen. Aber etwas anderes in mir wollte sich unbedingt Luft machen.

Ich schaffte es nicht! Ich konnte ihm das nicht antun – nicht jetzt. Er wirkte so glücklich, und er zählte auf mich. Er nahm meine Hand und küsste sie. Als wir eine Stunde später aufbrachen, liefen wir Arm in Arm, und ich fühlte mich schlecht, verlogen und feige.

Zu Hause kuschelte ich mich in meine weiche Decke, zog die Füße an meinen Bauch und vertiefte mich in meine Grübeleien. Ich hatte Fernando gesagt, dass ich einen Abend für mich brauchte, da ich mich ein bisschen krank fühlte. Er hatte Verständnis dafür gehabt. Meine Gedanken schweiften zu Linus. Mein Herz raste schon, seit ich meine Wohnung wieder betreten hatte. Ich musste es wissen, musste der Realität ins Gesicht blicken. War ich nur eine leichte Beute für ihn gewesen, eine nette Gelegenheit, die sich ergeben hatte? Oder hatte ich ihn durch mein egoistisches Verhalten selbst in eine tiefe Krise gestürzt, die einen Keil zwischen Veronica und ihn getrieben hatte?

Insgeheim rechnete ich damit, dass er in den nächsten

Stunden noch bei mir auftauchen würde, da ich am Vorabend wegen meines Krankenbesuches nicht erreichbar gewesen war. Er hatte mir einen Zettel durch die Tür geschoben und mir eine gute Nacht gewünscht. Mehr allerdings auch nicht. Seitdem hatten wir nichts mehr voneinander gehört. Ich wollte nicht länger warten. Eine nicht zu ertragende Unruhe breitete sich in mir aus. Ich schlüpfte in meine Pantoffeln, zog mein Strickjäckchen über, schnappte den Schlüssel vom Haken und stieg die Treppen hinab.

Linus sprach kein Wort, als er mir die Tür öffnete. Erst dachte ich, es gehe ihm vielleicht wie mir und er wisse nicht, wie er nach unserer gemeinsamen Nacht reagieren sollte. Dann registrierte ich, dass er gerade am Telefon war.

»Ich ruf dich nachher zurück«, sagte er und legte auf. Ich stellte mir vor, dass Veronica am Apparat gewesen war und er ihr die Sache mit mir gerade beichten wollte. Oder hatte er es schon getan?

Nachdem er aufgelegt hatte, drehte er sich zu mir und drückte mich zur Begrüßung kurz an sich. Ich versuchte das zu deuten. Wie lange hatte er mich umarmt? Länger als die üblichen harmlosen zwei bis drei Sekunden? Nervös stellte ich fest, dass ich es nicht einschätzen konnte. Meine Unsicherheit wuchs, als er mich ins Wohnzimmer führte und mir einen Platz auf einem Stuhl am Esstisch anbot, statt sich mit mir auf dem Sofa niederzulassen.

»Möchtest du etwas trinken?«, fragte er fast schon ein wenig zu förmlich.

»Ja, gerne. Ein Glas Wasser, bitte«, antwortete ich ebenso steif.

Er stellte das Glas vor mir ab und setzte sich mir gegenüber. »Also, machen wir es kurz. Du bist gekommen, um mir zu sagen, dass das mit uns nichts wird und unsere gemeinsame Nacht vorgestern nur ein Ausrutscher gewesen ist.«

Ich starrte ihn sprachlos an. »Was? Wie …, ich meine, wieso sagst du so etwas?«

Er fixierte mich. »Erstens, weil du bereits einen Freund hast. Er ist Südamerikaner, und er studiert mit dir, stimmt's?« Seine Augen wirkten auf einmal traurig. »Es ist ja nicht so, dass ich von deinem Leben nichts mitkriegen würde.« Er stand auf und ging zum Fenster, um nach draußen zu sehen. »Und zweitens hast du dich seit unserer Nacht nicht gemeldet!« Er starrte in den dunklen Nachthimmel. Es waren nur wenige Sterne zu sehen, da die Wolken die klare Sicht verdeckten.

Seine Worte trafen mich zutiefst. Zugegeben, die Hälfte von dem, was er sagte, ließ sich nicht abstreiten – aber dass ich mich nicht gemeldet hatte, hatte absolut gar nichts mit unserer gemeinsamen Nacht zu tun. Ich musste das dringend richtigstellen.

»Linus, es ist nicht so, wie du denkst! Ich habe mich nicht gemeldet, weil ich mich gestern Abend um meine kleine Cousine gekümmert habe. Als ich vom Krankenhaus nach Hause kam, war ich nicht mehr in der Stimmung, an etwas anderes zu denken. Es tut mir leid, aber es hatte ehrlich nichts mit dir zu tun.« Meine Stimme wurde brüchig. Gequält sah ich zu Boden.

»Aber du hast auch nicht auf meinen Zettel reagiert, den ich dir geschrieben hatte. Du kannst mir nicht weismachen, du hättest in den letzten zwei Tagen keine Zeit für eine Antwort gehabt.«

Ich musste einen Kloß hinunterschlucken. Er hatte ja recht. Wie konnte ich ihm nur erklären, dass ich die letzten beiden Tage damit verbracht hatte, eine Lösung zu suchen, die es legitimierte, mit ihm zusammen zu sein?

»Ich will dich nicht belügen, Linus. Du liegst ja richtig mit deiner Vermutung. Ich habe einen Freund.« Ich stand auf und ging ebenfalls zum Fenster. »Aber was du nicht weißt, ist, dass ich diese Beziehung in Gedanken schon hundertmal aufgegeben habe, weil ich dich viel mehr liebe!« Nun war es heraus. Ich hätte es auch nicht länger vor ihm verbergen können. Sollte er doch denken, was er wollte. Ich würde es ihm nicht übel nehmen, wenn er mich nun bitten würde zu gehen.

Linus drehte sich zu mir und legte mir eine Hand auf den Arm. Sanft strich er mit der anderen Hand über mein Haar und versuchte, mir meine widerspenstige Locke hinter das Ohr zu klemmen. »Ist das wirklich wahr?«, wollte er wissen. Er hob meinen Kopf an und küsste mich zart. »Du musst nämlich wissen, ich könnte der Liebe nicht noch ein Opfer bringen.«

Er hob mich hoch und trug mich zur Couch. Dort ließ er mich vorsichtig in die Kissen gleiten. Wir schmiegten uns aneinander, und dann begann er zum ersten Mal von seiner Vergangenheit zu erzählen. Er berichtete von seiner großen Liebe, die er vor fünfzehn Jahren geheiratet hatte und die ihn dann mit einem Angestellten aus seiner eigenen Buchhandlung betrogen hatte. Vor einem halben Jahr hatten sie sich getrennt. Die Scheidung war noch nicht beantragt. Er war auch noch nicht bereit, den letzten Schritt zu gehen. Sie war sein Ein und Alles gewesen. Sein Augenstern. Er hatte sie auf Rosen gebettet und auf Händen getragen. Er hätte alles für sie getan. Aber sie hatte das nicht zu schätzen gewusst. Angeblich habe sie sich von ihm erstickt gefühlt. Sie hatte ihm erklärt, sie brauche mehr Freiraum, um ganz sie selbst sein zu können. Schweren Herzens hatte er sich darauf eingelassen. Doch Sarah hatte darunter wohl etwas anderes verstanden als er.

Ein Mann an ihrer Seite hatte ihr nicht genügt. Dass es dann ausgerechnet noch Stefan, sein Mitarbeiter, sein musste, hatte ihn völlig zurückgeworfen. Er entließ ihn sofort fristlos, doch Sarah hatte sich hinter ihn gestellt. Am Ende hatte sie sich sogar für Stefan entschieden.

Er erzählte, er habe sich sofort eine neue Bleibe gesucht. Das sei letztlich der Grund gewesen, warum er überhaupt hier bei uns eingezogen sei. Er brauchte Abstand und musste sich selbst wiederfinden. Linus sah mich an. »Nie wieder möchte ich so etwas erleben. Es war die Hölle, das kannst du mir glauben!«

Auf einmal fiel es mir wie Schuppen von den Augen. Schon einmal hatte ich einen Verdacht in mir aufkeimen fühlen, aber ich hatte mich davor gescheut, den Gedanken zu Ende zu spinnen. Doch nun war es an der Zeit, die Wahrheit ans Licht zu bringen. Ich entschloss mich, die Sache geradeheraus anzusprechen.

Ich schob Linus sanft beiseite, bat ihn um einen Moment Geduld und lief nach oben. Wenige Augenblicke später stand ich wieder vor seiner Tür. Ich räusperte mich. »Ich muss dich etwas fragen, Linus. Leidest du unter Depressionen? Hast du je vorgehabt, deinem Leben ein Ende zu setzen?« Meine Hand wanderte in meine Jackentasche. Dann zog ich den Brief heraus. Er war inzwischen ziemlich zerknittert. Ich las die Zeilen laut vor.

Linus' Augen wurden schmal, und seine Mundwinkel zuckten ein paarmal. Er schnaubte leise, als ob er den Worten damit ihre Bedeutung nehmen könnte.

»Es hat wohl keinen Sinn, es zu leugnen. Wie du ja eben gehört hast, war nicht nur meine Buchhandlung bis vor Kurzem eine Belastung für mich. Die letzten Monate waren schwer. Sie haben mir alles abverlangt, und als ich dann auch noch beruflich in ein schwarzes Loch zu fallen schien … tja … da musste ich mir das Ganze von der Seele schreiben.«

»Aber du hast es doch hoffentlich nicht wirklich ernst gemeint?«, fragte ich leicht schockiert über die Erkenntnis, dass ich endlich am Ziel der Reise angelangt war.

Linus legte den Kopf schief und grinste. »Seit ich dich kenne, kommt mir das alles nur noch dumm und absurd vor. Aber das Schicksal hinterlässt manchmal auch tiefe Spuren – Spuren, die einen in die Irre leiten können – vorausgesetzt, man begegnet nicht einer unglaublich süßen Lucy Gold, die unaufhörlich ihre Nase in die Angelegenheit ihrer Mitmenschen steckt.« Er küsste mich leidenschaftlich und zog mich noch enger an sich heran. »Mit dir würde ich gerne den Mount Everest besteigen!« Verwundert sah ich ihn an, und er schmunzelte. »Ich wollte damit sagen: Ich glaube, es gibt nichts, was ich mir mit dir nicht vorstellen könnte.«

Diese ehrlichen Worte überwältigten mich so sehr, dass mir eine Träne aus dem Augenwinkel kullerte und mir langsam über die Wange lief. Linus berührte sie liebevoll mit seinem Finger und wischte sie sachte beiseite.

»Und was ist mit Veronica?«, fragte ich vorsichtig. »Wolltest du nicht mit ihr …?«

Linus begann zu lachen. »Du glaubst also im Ernst, ich würde mich an einer zutiefst verletzten, verheirateten Frau vergreifen? Was denkst du nur von mir?«

Erleichtert atmete ich auf. »Aber wenn sie nicht verheiratet wäre und die Umstände andere wären, hättest du dich dann um sie bemüht?«

Er überlegte kurz. »Zugegeben, sie ist sehr hübsch. Außerdem ist sie überaus nett und hilfsbereit.«

Ich spürte, wie sich mein Körper verkrampfte.

»Aber sie ist eben nicht du!«

Für dieses kurze Auf-die-Folter-Spannen knuffte ich ihn frech in die Seite. Wir lachten und balgten uns wie Kinder und fielen dabei vom Sofa. Es dauerte nur den Bruchteil einer Sekunde, bis er Oberwasser hatte und ich wehrlos unter ihm lag. Dann hielt er inne und küsste mich. Er küsste jede Stelle meines Gesichtes, flüsterte mir die schönsten Zärtlichkeiten ins Ohr, und ich wünschte mir, dass dieser Abend nie vorübergehen möge.

Es war die Nacht der Nächte gewesen. Der Gedanke, dass mein Glück nicht mehr zu toppen war, festigte sich in meinem tiefsten Inneren. Dabei kam es mir so vor, als ob das Gefühl, das mich schon in unserer ersten gemeinsamen Nacht beflügelt hatte, mich nunmehr so berauschte, dass ich zeitweise glaubte, neben mir zu stehen. Ja, als wäre ich von einer göttlichen Kraft ein wenig angehoben worden und könnte die Welt mit einem Augenwinkern von oben betrachten. Der Eindruck, ich könne alles bewältigen, deckte sich mit Linus' Ansichten, und ein Schmunzeln kroch über meine Lippen, als ich mir den Mount Everest vorstellte. Alles schien mir irgendwie leicht und unbeschwert –abgesehen von Lillys Erkrankung. Ach, wenn nur hier auch noch ein Wunder geschehen würde! Dann wäre die Welt wieder in Ordnung. Aber ich war Optimist und wollte es auch bleiben. Ich fühlte mich stark, und in Sachen Beziehung wusste ich nun auch endlich, was ich zu tun hatte.

»Rosen«, rief ich Chris schon von Weitem zu, und er blickte mich im ersten Augenblick etwas ratlos an. Dann schien ihm ein Licht aufzugehen. Wir hatten noch immer unsere Wette laufen: einen Strauß Rosen gegen einen Kasten Bier. Verdammt, das hatte er mittlerweile ganz verdrängt! Doch dann glitt ein verschmitztes Grinsen über sein Gesicht. »Soso, Lucy! Du warst dieses Mal also schneller als ich!« Natürlich dachte er dabei an Fernando und nicht an Linus. Aber ein kleines bisschen wollte ich ihn noch auf die Folter spannen.

»Nun gut, dann werde ich wohl oder übel meine Schulden bei dir bezahlen müssen. Wobei …« Er überlegte kurz. »Eigentlich bin ich auch schon seit zwei Wochen glücklich mit Benita.« Chris grinste schelmisch. »Zugegeben, zwei Wochen sind bei mir an der Tagesordnung!«

Mein Handy piepte. Von Giulia war eine Sprachnachricht eingegangen: Sie habe Timo zur Rede gestellt. Er habe zugegeben, dass er verheiratet sei, und sie habe daraufhin die Beziehung sofort für beendet erklärt. Ebenso habe sie ihm zu verstehen gegeben, dass sie nicht vorhabe, auch nur noch einen Abend in seiner Bar zu verbringen – weder als seine Angestellte noch als Gast. Sie hatte ihm die letzte Abrechnung vor die Füße geworfen, sich auf dem Absatz umgedreht und war hocherhobenen Hauptes aus der Bar hinausmarschiert. Manche Männer waren es einfach nicht wert, ihretwegen in Depressionen zu versinken.

Es kam mir so vor, als hätte Giulia nicht ganz ohne Stolz berichtet, wie gnadenlos sie vorgegangen war. Ich kicherte erleichtert. Na, das war ja dann gerade noch mal gut gegangen.

Ich hatte beinahe vergessen, dass ich Marianna heute zu ihrer zweiten Sitzung bei mir einbestellt hatte. Schnell kochte ich noch eine Kanne Tee und räumte meine Unordnung ein wenig beiseite, da klingelte es schon.

Marianna wirkte ruhiger und unbeschwerter als beim letzten Mal. Vielleicht konnten wir doch schon einige Fortschritte verzeichnen. Sie berichtete, dass sie Freddy inzwischen wieder unter die Augen treten konnte, ohne danach einem Weinkrampf zu erliegen. Sie erzählte außerdem von einer netten und völlig unerwarteten Begegnung mit Ina, dem Mädchen, mit dem er sie betrogen hatte und anscheinend noch immer zusammen war. Marianna hatte sie beiseitegenommen und die Karten auf den Tisch gelegt. Entgegen aller Erwartung war Ina ihr sogar dankbar dafür, dass sie ihr die Augen geöffnet hatte. So wie es aussah, würde auch sie ihre Konsequenzen daraus ziehen.

Ich freute mich für Marianna. Aber auch ich ging gestärkt aus diesem Gespräch heraus. Ich nahm mir vor, genauso mutig und stark zu sein wie sie, wenn ich Fernando erklärte, warum ich nicht länger mit ihm zusammen sein konnte. Die Sache aufzuschieben würde niemandem Nutzen bringen.

Ich rief Fernando an und bat um ein Treffen.

Wir spazierten über die Felder, und ich erinnere mich im Nachhinein nicht mehr genau, wie ich das, was gesagt werden musste, auf den Punkt brachte. Aber ich spürte augenblicklich, wie eine Welle der Erleichterung über mich hereinbrach, als die Worte endlich über meine Lippen gekommen waren.

Fernando blieb stehen und blickte mich traurig an. »Schade, du und ich hätte ein gutes Paar können sein, aber man kann nicht erzwingen.«

Sein gebrochenes Deutsch brachte mich fast zum Weinen, vor allem wenn ich daran zurückdachte, wie ich seine ersten Unterrichtsstunden mit ihm abgehalten hatte. Ich erzählte ihm, dass es einen anderen Mann gab, und er versuchte, zumindest nach außen, Verständnis zu zeigen. Ich sah ihn mit glasigen Augen an, denn es schmerzte mich, ihm wehzutun. Er legte mir eine Hand auf die Schulter, fast so, als wolle er mich trösten, statt umgekehrt. Ich umarmte ihn.

Wir trennten uns als Freunde. Ich fühlte mich unsagbar bereichert. Nicht nur hatte ich die Liebe meines Lebens gefunden, ich hatte auch eine Handvoll wirklich guter Freunde, die bereit waren, mit mir durch dick und dünn zu gehen. Was konnte man sich mehr wünschen? Ein kleiner Anflug von Wehmut streifte mein Gemüt. Ich dachte an Lilly. Auch du wirst es schaffen, meine Kleine. Du bist eine Kämpferin!

Ich warf einen flehenden Blick nach oben. Der Himmel war wolkenverhangen. Die Hände zum Gebet gefaltet, versprach ich Gott, was auch immer er von mir verlangte, ich würde ihm alles geben, wenn er nur Lilly wieder gesund machen würde. Ich schickte ihm Dankesworte und Lobeshymnen und hoffte darauf, dass das Gute am Ende siegen würde.

Einige Wochen später erhielt ich Nachricht von meiner Tante. Lilly hatte die erste Phase der Behandlung gut überstanden und war auf dem Wege der Besserung.

Ich fiel auf die Knie und dankte Gott! Nun musste sie ihrem kleinen Körper erst einmal Zeit geben, sich von den Strapazen der Behandlung zu erholen.

Ich schrieb Lilly einen Brief, in dem ich ihr mitteilte, wie sehr ich mich darüber freute, dass es ihr besser ging, und dass sie mich ganz bald wieder besuchen dürfe. Ich erzählte ihr von ihrer kleinen Freundin vom Spielplatz, die es kaum erwarten konnte, mit Lilly bald wieder Sandtörtchen zu backen. Eine Weile würde sie wohl noch warten müssen, aber wenn alles gut verlief und auch die nächsten Therapien gut bei ihr anschlügen, wäre sie in einem halben bis Dreivierteljahr vielleicht schon wieder so weit.

Zeit kann Freund oder Feind sein, dachte ich, doch ich war mir sicher, dass das Schicksal Lilly wohlgesinnt war.

Quellen

Peter Lauster, »Die Liebe«
Erscheinungsjahr 1980

Jegliche Übereinstimmung von Namen, Orten und Begebenheiten ist rein zufällig.

Danksagung

Mein herzlichster Dank geht an meine liebe Familie, meine Eltern und Kinder sowie an alle Freunde, die mich bei meinem Projekt unterstützt haben. Ein besonderer Dank geht an Michel Sattler für die Gestaltung des Covers und an Kathrin und Thomas Thumm für ihre tatkräftige Unterstützung.

Ebenso möchte ich den Mitarbeitern vom TWENTY-SIX-Verlag meinen herzlichen Dank aussprechen, im Besonderen Frau Hannah Staudt.

Bald im Handel: »Und wieder Gold in Sicht!«

Lucy kann es auch weiterhin nicht lassen, überall ihre Nase hineinzustecken. Inzwischen hat sie mit ihrem besten Freund Chris eine eigene Praxis gegründet und arbeitet seitdem als Psychotherapeutin. Am liebsten würde sie sich für jeden ihrer Patienten aufopfern und taucht hier und da schon einmal ein wenig zu tief in die Probleme ihrer Mitmenschen ein. Zum Glück wäscht ihr Chris ordentlich den Kopf und auch Linus und Giulia tun ihr Bestes, um ihre Freundin wieder auf den Boden der Tatsachen zu bringen. Außerdem will Linus mehr als nur traute Zweisamkeit …